中国书籍文学馆·散文苑

流年里的花开

张 岚——著

中国书籍出版社
China Book Press

图书在版编目（CIP）数据

流年里的花开 / 张岚著 . —北京：中国书籍出版社，2014.3
（中国书籍文学馆·散文苑）
ISBN 978-7-5068-3984-6

Ⅰ．①流… Ⅱ．①张… Ⅲ．①散文集—中国—当代 Ⅳ．① I267

中国版本图书馆 CIP 数据核字（2013）第 305272 号

流年里的花开

张岚 著

图书策划	武 斌 崔付建
责任编辑	卢安然
责任印制	孙马飞 马 芝
出版发行	中国书籍出版社
地 址	北京市丰台区三路居路 97 号（邮编：100073）
电 话	（010）52257143（总编室） （010）52257153（发行部）
电子邮箱	chinabp@vip.sina.com
经 销	全国新华书店
印 刷	三河市华东印刷有限公司
开 本	650 毫米 × 940 毫米 1/16
字 数	184 千字
印 张	14.5
版 次	2014 年 10 月第 1 版 2019 年 1 月第 2 次印刷
书 号	ISBN 978-7-5068-3984-6
定 价	45.00 元

版权所有　翻印必究

序

李敬泽

"中国书籍文学馆",这听上去像一个场所,在我的想象中,这个场所向所有爱书、爱文学的人开放,不管是白天还是夜晚,人们都可以在这里无所顾忌地读书——"文革"时有一论断叫做"读书无用论",说的是,上学读书皆于人生无益,有那工夫不如做工种地闹革命,这当然是坑死人的谬论。但说到读文学书,我也是主张"读书无用"的,读一本小说、一本诗,肯定是无法经世致用,若先存了一个要有用的心思,那不如不读,免得耽误了自己工夫,还把人家好好的小说、诗给读歪了。怀无用之心,方能读出文学之真趣,文学并不应许任何可以落实的利益,它所能予人的,不过是此心的宽敞、丰富。

实则,"中国书籍文学馆"并非一个场所,它是一套中国当代文学、当代小说的大型丛书。按照规划,这套丛书将主要收录当代名家和一批不那么著名,但颇具实力的作家的长篇小说、中短篇小说集和散文集等。"中国书籍文学馆"收入这批名家和实力作家的作品，就好比一座厅堂架起四梁八柱，这套丛书因此有了规模气象。

现在要说的是"中国书籍文学馆"这批实力派作家，这些人我大多熟悉，有的还是多年朋友。从前他们是各不相干的人，现在，"中国书籍文学馆"把他们放在一起，看到这个名单我忽然觉得，放在一起是有道理的，而且这道理中也显出了编者的眼光和见识。

当代文学，特别是纯文学的传播生态，大抵集中在两端：一端是赫赫有名的名家，十几人而已；另一端则是"新锐"青年。评论界和媒体对这两端都有热情，很舍得言辞和篇幅。而两端之间就颇为寂寞，一批作家不青年了，离庞然大物也还有距离，他们写了很多年，还在继续写下去，处在最难将息的文学中年，他们未能充分地进入公众视野。

但此中确有高手。如果一个作家在青年时期未能引起注意，那么原因大抵有这么几条：

一、他确实没有才华。

二、他的才华需要较长时间凝聚成形，他真正重要的作品尚待写出。

三、他的才华还没有被充分领会。

四、他的运气不佳，或者，由于种种原因，他的写作生涯不够专注不够持续，以至于我们未能看见他、记住他。

也许还能列出几条，仅就这几条而言，除了第一条令人无话可说之外，其他三条都使我们有足够的理由对这些作家深怀期待。实际上，中国当代文学的丰富性、可能性和创造契机，相当程度上就沉着地蕴藏在这些作家的笔下。

这里的每一位作者都是值得关注、值得期待的。"中国书籍文学馆"收录展示这样一批作家，正体现了这套丛书的特色——它可能真的构成一个场所,在这个场所中,我们不仅鉴赏当代文学中那些最为引人注目的成果,而且,我们还怀着发现的惊喜,去寻访当代文学中那相对安静的区域,那里或许是曲径幽处,或许是别有洞天,或许是,众里寻他千百度,蓦然回首,那人却在,灯火阑珊处……

· 目 录 ·

第一辑 沧桑的岁月一言不发

这个黄昏的安宁与忧伤 / 002

活在珍贵的人间 / 004

静静流淌的岁月 / 008

一个人的城市 / 010

站在岁月的深处 / 013

夜晚的河 / 017

因你今晚共我唱 / 020

第二辑 生命里的柔软时光

母亲的夜晚 / 026

多么好的一个下午 / 029

有一些时刻仅属于自己 / 032

守住自己的心 / 035

曾经与爱隔河相望 / 038

脆弱的玻璃　/040

有风吹过凤尾竹　/043

十月，美好的时光　/046

秋　天　/048

沂河赏月　/050

立　秋　/053

温情的美丽　/055

第三辑　我是你掌心里的一痕线

花香沉醉的晚上　/058

你是上帝遗落在人间的天使　/063

爱我，请远离我　/069

春来，你却不在　/072

爱玉成痴　/075

冬日的怀念　/078

理想好男人　/081

今年花正开　/084

悲伤，泪流成河　/087

梦在我看不见的地方　/090

那一地的小黄花　/094

第四辑 让我们活着感受美好

生活中，那些珍贵的 / 098

缺憾，缺憾 / 101

瞬间老去的年华 / 105

岁月匆匆的脚步 / 108

宝　藏 / 110

桑椹又熟时 / 112

等待死亡 / 115

与生俱来 / 119

走近田野 / 121

合欢，合欢 / 124

流　放 / 127

让心腾出些空间温柔地感恩 / 129

那一地细细碎碎的阳光 / 133

这样的幸福 / 137

过　年 / 140

第五辑 低下头便是人间

一样的阳光 / 146

梦里周庄 / 150

四月的牡丹 / 152

春暖花开 / 156

我是一棵秋天的树吗 / 159

烟火人生 / 161

又见四月飞雪 / 164

第六辑 回首处阳光倾城

春节，正在赶往昨天的途中 / 170

别了，我所拥有的今天和今年 / 174

美丽的花事 / 177

生命随感 / 179

窗外，一个个芬芳的日子 / 181

冬，持续的冬 / 183

春天，令我怀想的一个人 / 185

一个人的快乐与寂寞 / 191

雪，轻轻地落 / 193

一个肩膀的温暖 / 195

第七辑 尘埃里开出的花蕾

女人当做林徽因 / 198

我不爱自己已经很多年 / 201

鳌园功与集美学村 / 204

冬夜里的篝火 / 206

因为《开片》，所以计文君 / 208

闲读张爱玲 / 210

清明观《入殓师》/ 215

第一辑

沧桑的岁月　一言不发

这个黄昏的安宁与忧伤

这个黄昏,应该是从一首歌开始的。

我站在窗边,努力远望着窗外暮色苍茫的天地,深沉、干净、缠绵的男声,就在这一刻穿越万水千山,携无以排遣的孤独和忧伤突然而至,尽是黄昏的滋味。歌起处,黄昏也就"呼"的一声来到了眼前。我站在那儿,竟一动都不能动,泪,瞬间就流了下来。

这是怎样的一种怅然而美丽的忧伤。似乎是辽阔的原野上,一望无际开得正好的柔弱妩媚的小白花;似乎是杏花春雨的江南,雨点敲打着船篷,雨中也有梨花的清香,如泣如诉的雨点,轻轻濡湿着衣裳;似乎是站在两岸的两个相爱的人,正在相互的泅向对方——以同样柔和的柳条,相遇在河心,千丝万缕的柔情,牵起沉在河底的那双手,相似的苍凉凝望;又似乎是爱情,苦涩在唇齿间游弋,有一份缠绵一份凄美,如同悬在眼角的泪,晶莹剔透。

原来以为,黄昏是凝固不动的,是听了这首叫做《隔世离空的红颜》的歌之后,才发现黄昏不仅是流动的,更像忧伤的大海,波涛荡漾。

起伏的波涛里,最让人想起的,是潮湿的空气弥漫着的叶尼塞河;是维·阿斯塔菲耶夫的《鱼王》;是沈从文缠绵绕骨的故乡情结和他在现代文学史上留下的那个孤独行走着的背影；是喜欢用凄凉来描摹人生况味，而晚年一贫如洗，在中秋之夜凄然离世的旷世才女张爱玲；是《挪威的森林》质朴的文字、真挚的情感、伤感的人生和沉重的感动；更是一只离群的孤雁，任风雨雷电，追星伴月，一路饥餐渴饮，一路咯了血在翼下，点染初春的绿原。千呼万唤，一声声焦灼，一声声哀吟，生命瑟缩在朝霞晚照里，却还是昼夜不舍、孑然一身地归来了……

  多么想让你走近我的心扉
  一同承受心灵的忏悔
  人生的路上你我紧紧相随
  爱过恨过后独自去面对……

  沧海桑田的声音，不仅仅是孤独，不仅仅是忧伤，也决不仅仅是无奈与不甘。它深藏了多少如海的忧伤和如山般沉重的疼惜？泪水缓缓流过我的脸颊，落进渐近的黄昏，融进我四周正起伏着的大海的波涛里，瞬间就没有了影迹。而黄昏，眼神却是如此忧伤，脚步却是如此沉重而迟缓。心灵的天空飘起了若有若无的雨丝，天地间弥漫着一层湿漉漉、静悄悄的青黛色雾霭，似乎有人在将醒未醒时喃喃自语：落花一片天上来——带着凉意，触到额头，使人如饮醇醪。
  为了看阳光，我们来到世上。抬眼望去，窗外的天空，陈旧千年，远处的暮色朦朦胧胧的，有些生锈。
  这个黄昏，竟有一丝苍老的感觉。
  一滴又大又亮的泪，从黄昏的瞳孔里滚落。
  安静无尘。
  在这样的黄昏里，我说不出话来，唯有沉默。而我却是如此贪恋着黄昏中的这份苍茫和忧伤。

活在珍贵的人间

> 活在这珍贵的人间
> 太阳强烈
> 水波温柔
> 层层白云覆盖着……

读这首诗的时候,我将目光尽量投向辽阔的远方,对面高大的建筑物却把我的目光又挡了回来。回过头来的目光里,我看到一列正呼啸而过的火车,1989年3月26日下午5:30的这列火车,就一路呼啸着,驶过了山海关附近冰冷的铁轨,驶过了横躺在铁轨上的那个温暖的身体。

看到这些景象的时候,太阳并不强烈,严格意义上来说,今天是一个阴天。在这阴郁的天气里,我竟整整一天捧着《海子诗集》,努力地搜寻着海子笔下强烈的太阳,寻找着温柔的水波。然而,我窗外的天是灰蒙蒙的,如同蒙上了一层铅色的面纱,更像浓重的哀愁;我对面宽大的河,一层层的浪花顺流而下,如同一首首长长短短的诗。于是,我失望地回过脸来,再一次注视着这本《海子诗集》,注视着远方那列呼啸着的火车,我看到,生活伦理和艺术法则、轻与重、都市与乡村，如同剪刀，把一个温暖的身体断然剪开。被剪开了的诗人周身散发着文化的芬芳，却让我再一次体验到致命的疼痛。

是的，疼痛，这种疼痛是疲倦的、沉重的，像诗一样。有时，又像两条望不到边的铁轨。铁轨深处，是满贮的疼痛和泪水。

从明天起，
做一个幸福的人。
喂马，劈柴，周游世界。

从明天起，
关心粮食和蔬菜，
我有一所房子，
面朝大海，
春暖花开……

这是26岁的诗人临终前的歌唱，他用属于北方的原质的、急促的，如同火焰和钻石、黄金和泥土的声音，唱出了他生命中最炽热的高音，然后，永久地沉默……

山海关从此也沉默着，这一沉默就是20年，然而，奔腾着的汨罗江却一直没有停止它的诉说：归去来兮！归去来兮！自从两千年前那个忧愤的身影解下衣服，拿起石块绑在自己身上，跳进滚滚的江水后，汨罗江就再也不曾停止过这种诉说。

那么，老舍呢？他有没有更多的诉说？怎么说呢，他留下了《四世同堂》、留下了《茶馆》、留下了《骆驼祥子》……在1966年8月的一天，悄悄地沉入了北京的太平湖。在沉湖之前，他也有过诉说的，但他却只对自己的孙女说：来，和爷爷说再见。

哈姆雷特曾说过：面对这样一个乾坤颠倒的世界，还是死了吧，可是死了以后怎么办呢？世界又会变成什么样子？是更好还是更坏？死去的人从来没有告诉世人死后的状况，即使他是著名诗人，即使他是一代文学巨匠。他们死后就紧闭上了嘴巴，再不肯发出一个字，一个音。因为生活有许多叫人打不开的结吗？

数不清的身影从岁月的长河里蹚过。

很多东西可以消亡，即使突忽如一个模糊的身影。但文字不会，思想不会。当我们某一天，再读到这些有思想、有生命的文字的时候，我们就会聆听到他们内心深处的声音，他们的焦躁，他们的喜悦，他们的悲观，他们的失落。在这样的时候，我们还会听到另外的声音。

1961年6月2日的早晨，不知天空有没有如海子所说的"太阳强烈"，还是如我此时面对的灰蒙蒙的一片。海明威没有来得及告诉后人，他只是在爱达荷州凯彻姆镇寓所里，忙着把一支银子镶嵌的猎枪装上子弹，然后塞进自己的嘴里，一齐扣动了两个扳机。那一刻，我不知道他有没有想起他说过的话：冰山在海里移动很威严壮观，这是因为它只有八分之一露出水面。不知他是忘记了，还是他不屑再提起。

"人生活在希望之中，一个希望破灭了或实现了，就会有新的希望产生。"法国短篇小说巨匠莫泊桑却于1893年7月6日，用裁纸刀割开了曾说过如此豁达语言的喉咙；而刚满30岁的叶赛宁，在1925年12月28日的那个凌晨，咬破手指，用血写下了自己的遗书，让鲜红的血色，映出天空温暖而强烈的阳光。

顾城呢？三毛呢？

……　……

  我

 踩在青草上

 感到自己是彻底干净的黑土地……

年轻的海子青春地说。

灵魂无处不在。

> 活在这珍贵的人间
> 泥土高溅
> 扑打面颊

年轻的海子还在说。

然而,一个又一个伟大的灵魂,他们选择了沉默,这种沉默却让我们凝重而忧郁。这种凝重而忧郁之后是灿烂的正午,之后是暮色四起,之后是太长太长的夜……

一天一天的日子,日出月落,那么短又那么长。因为责任和信念,人们承受着苦难和疼痛,无奈和忧伤。时光顺流而下,一年又一年的某一天,我常临窗独立,看着天边灿烂燃烧的晚霞,心似惊涛骇浪。

无法言说。

活在珍贵的人间,艰难而无奈吗?理想与现实的极大落差,使人更脆弱更敏感吗?是绝望?是逃避?于是,他们用写诗的手,用写了一部部巨著的手结束了自己的生命,留下的,却是无尽的对生命的疑问和对世界的思索。从此以后,他们沉默成一把把刀,深深地插在我们的心头。

> 活在这珍贵的人间
> 人类和植物一样幸福
> 爱情和雨水一样幸福……

听,铁轨下的海子,依然在说……

静静流淌的岁月

抬头看时，满眼里都是万紫千红的如花女子：都是20左右的年岁。最小的18岁，最大的也就22岁。这些花样的面孔，芬芳着我的眼睛和心情，不由就多了几分感慨。提酒的时候，感慨也便呼之欲出：似乎只是昨天，我也18岁过，也20岁过。一路走来，岁月的路上芬芳四溢，留下如诗的四季，存下如画的人生。所以，在座的花儿们，珍惜如花的年华，让青春多彩、让人生芬芳吧！其实，我更想说的是，一路走来，心里白纸黑字般写满着的是沉重的历史，字字冰凉呢。

饭后，约了去唱歌，几个小时下来，我选的全是蔡琴：《你的眼神》《恰似你的温柔》《被遗忘的时光》……不知是从什么时候开始，众里寻他千百度般，选择了的，竟只有她的歌，如天籁，流水般自然，起伏婉转，娓娓而来。那份醇厚醉人，那特有的浅唱低吟，悠扬的、轻轻的，飘荡在心灵深处，让人平静，心生宽容，似烟花三月的春色，风情万种，如厚实深重的旧宅，透进一缕阳光，带出缕缕生气。而蓦然回首的瞬间，似偶然闪过的电光火石，灿烂而美丽。其实，静静流淌的何尝是人间的岁月，何尝是蔡琴的怀旧。

静静流淌的岁月中，有浓浓的眷念，有依依的惜别，有曾经燃烧的青春火焰以及火焰里的冉冉云烟；流淌着的岁月里，无论在辛苦的涅槃里有过怎样的伤害与挣扎，有过怎样的窘迫与憋屈；无论是坚持或退避，都静静地埋入心底，没入时光之沙，都留下或深或浅的擦痕，印记。

  静静流淌着的岁月里，我们仅是时间大地上的一株青草，是岁月溪水里的一枚石子。或许，一段岁月可以是漫无思念的泪，走向花开？或许，在等待的日子里，还会被厚厚的白雪覆盖？因为流淌的岁月，年华的影子终会渐变暗淡。然而，在陈旧了的岁月里，或许，还有可以安放的一点点未来？或许，我们已经多次遗失了的那份美丽，还可以于未知中再次相逢？或许，我们在时光的隔离中，仍然会不动声色地一起成长，一起苍老，一起顺流而下，一起迂回兜转，百转千回，给静好的时光，许一世柔情。

  不得不承认，静静流淌的岁月里，即使是小小际遇的瞬间也让人怦然心动，就像我此刻读到季羡林先生的心灵独白"如果她还留在人间的话，恐怕也将近古稀之年了。而今我已垂垂老矣。世界上还能想到她的人恐怕不会太多。等到我不能想到她的时候，世界上能想到她的人，恐怕就没有了"，我仍然感动于年少轻狂时的大师遇到的这段情的高尚情操：恨不相逢未嫁时，只好远远观望，而异国的她为了心中的爱终身未婚，孤独终老。

  似水年华，忧伤的老人，伴着蔡琴《明月千里寄相思》……掩卷时，涕泪长流：这是个永远喧闹不止的世界，说不完的儿女情长，道不尽的利益纷争。那么，好吧，此刻，就让我们歇歇，安安静静听歌，在歌声里，细细地感受静静流淌的岁月，感受夹带淡淡忧伤的时光和爱慢慢在面前铺陈开来……

一个人的城市

我站在窗前。一个人。于是,生命便起伏在自己垦殖和收获的神秘互动中;于是,许多的日子便绿如青苔,黄如飞叶,近了又远;许多的日子,哀愁走了,欢乐醒来。我和日子成为知己,我同它倾心交谈,它便把许多原本不轻易示人的秘密告诉我。

你有你的城市,我有我的城市。

一个人的城市,不需要华服丽装,不需要高跟鞋,这些伪装成熟和端庄的道具,让我们劳累了太久。一个人的城市,做一个朴素的女子,丢掉那些明艳的妆,穿一件纯棉的衣衫,素面朝天,闲闲地绾起青丝,素手调羹,沉淀出所有的昨日悲欢,把自己的城市想象成一块明矾。对不想听到的可以充耳不闻,对不想看到的可以视而不见,把温柔的日子尽可能地拉长。

这样的日子是静水无波的。不但可以演绎出悠悠的况味,更让人觉得,那些挣扎,那些拼搏,全不过是歇斯底里的阵痛,而幸福只不过是这样,在黄昏的夕阳里,想象着岁月某处的一个人、一件事、一段情或者轻轻牵过的一双手。

一个人的城市,依楼品茗,静听市声,岁月无痕,只会带走千年风情。在红尘中的纷扰都自行风云落定,岁月显现出它真实而清晰的轮廓，没有了棱角，没有了倾轧和计算，时光悠悠荡荡，随意地去到一个不知名的地方。心是沉静的，沉静得可以低到尘埃里，却又从尘埃里开出一朵花。

一个人的城市，总不免有一些偏狭，天地或宽或窄，道路或长或短，无不都是自己的一种感觉；生活可能生动，可能冷清，可能热闹，可能平俗，也仅仅因为自己的心绪，城市或者是华丽的、沉醉的、狂躁的、无情的、丑陋的……无一不被自己左右。

一个人的城市，想哭的时候就哭，想笑的时候就笑，把折起来的心轻轻抖开，于寂寞清冷里，感受着温柔尚在，寂寞永生。

有阳光自窗外斜斜地照进来，没有丝毫的凌乱和拘谨。在通过窗子边缘的时候，房间里的光线有一种被切割后的支离破碎，但它们很快愈合，之后反而变得更加柔和、清朗，全没有感觉中的暮气、疲惫和慵懒，更不会怅然若失。

我干脆靠近窗子，让阳光静静地泻满全身。窗外是宽阔的街道，阳光正心情极好地在那儿流淌，街道上是顺流或者逆流而行的泅渡者，车子，人群，从天空轻快飞过的小鸟，阳光把行人的影子投在地上，再无端地拉长、夸大，所有的人都不孤单，每个人都和自己的影子结伴而行，无不被镀上一层淡淡的光晕。这个下午，便有了一种被淹在平常日子里的幸福感。

其实，我还算是一个爱音乐的人，虽爱得不是排山倒海，却也无乐而不思想。因此，每个清澈的夜晚，叮叮咚咚的扬琴的声音，像是一个满腹心事的宋朝女词人的浅吟轻唱，便会响起在我一个人的城市。红了樱桃，绿了芭蕉，雨打黄昏花易落。陷进温暖四溢的沙发里，端一杯蓝山咖啡，让思绪穿过古老的石拱桥，穿过长满苔藓的河畔，穿过河畔古旧的木屋，望向青石板上轻轻走来的质朴、清纯、从容而纤秀的江南女子，那蓝印花布的身影便是一季缠绵的江南；有时，在"夜上海呀，夜上海呀"尖细的歌声里，着一袭白色旗袍、有着洒脱且高贵领子的女子携着陈年传奇的别样风采便浮了出来，空气中便弥漫了一股沉沉的檀香的味道，浮动在其中的是她的婀娜、她的妩媚、她的无心、她的落寞……

更多的时候，我会选择在夜晚开始我的一切：一个人开始寂寞地前行。

"就在我们人生旅程的中途……"但丁用这样的话语开始他的《地狱》《炼狱》和《天堂》的旅行。往往这个时候，干净的灯光照亮我安静的前额和正在键盘上倾吐幸福或不幸的十指，也照亮我沉思着的灵魂。我感受着虚幻的幸福和真实着的痛苦，感受着泪水的冰冷与血液的灼热。有时一抬眼，便会撞见一个女人有些迷茫的目光若有所思地望着我，我知道，那正是满怀了心事的我审视的眼睛。

然而，这样的时候，我是幸福的。我听到夜的深处有人在说：你有你的城市，我有我的城市，我们的共同之处在于——都有一个自己的城市。

一个人的城市，是上帝赐予我的礼物。

爱她，珍惜她。

站在岁月的深处

当我实实在在站在它们面前的时候,我竟久久地、久久地说不出话来。

激动。欣喜。惊异。敬畏。

我不知道。

我只是痴痴地看过去,看过去,从这一棵,到那一棵,再到那一棵……

山风中弥漫着清空、冷逸,回旋首尾相顾的枯寂。四周是起伏的山峦,郁郁葱葱的各色树木,拥拥挤挤地遍布山野,却只有这儿另辟了一片天地。

它们的身前身后是一坡又一坡深幽的树林。最高大的一棵,据说有一千一百多年,十几米外的另一棵,据说也有几百年。四散在它们周围的,是一棵又一棵高矮不一、粗细不均的同品种的几十棵树。这样的情景让我最先想起的,是一个父亲,一个母亲和它们年岁各异的孩子。

是的,这是多么和谐、幸福的一个家庭,在山峦的一角,在古老的时空中,生生相惜,苍翠着岁月。

一棵古老的树总能吸引我们的目光。一棵古老的树,连同一片粗细不等的树，更能吸引我的目光，它们让我感觉到了岁月的交替和时间的流动，它们是时光的足迹。时光像一条古老的河，从这儿流过，时光走远了，而它们却一直站在这里，真真切切地蕴藏了岁月的痕迹，树身、枝干以及每一片绿叶，都凝结着光阴。

正是六月，那新叶绿得可爱，仿佛谁在上面洒了一层油，半圆的叶，像极了一把把小小的绿色的折扇，缀在绿色的树枝上，又仿佛一串串绿色别致的风铃，它们无声却又在不停地说着话。说着这个地方的方言，说着只有这片乡土才能听懂的语言。

站在树下，仰头望去，苍翠的树梢与蓝天融为一体。我站在它们的面前，矮小得如同一丛野草，但我却停下来安详地倾听着它们的诉说。

是怎样曲曲折折地生活了这么多年，又经历了怎样惊心动魄的故事。有过怎样的无奈和怎样的忧伤，又如何轻而易举地就把一切看穿看透却固执地坚守住沉默……

风吹叶动，像时光从生命里划过。站在岁月深处的它们，让时间在我们的生活中有形有状、有色有味、有哀有愁、有悲有喜。

"你静静地居住在我心里，如同满月居于夜空。"这样的时刻，我竟想起了泰戈尔的一句诗来。

我为自己的想法而轻轻摇了摇头，苍劲的枝叶竟也朝我频频点头。是一种交流吗？那么，你如此急切地，是想诉说你的忧伤还是喜悦？

那么，说说你的爱情吧。在这一千一百年里，你，是怎样地拥有了你的爱情，你的生活？

你的最初应该是没有选择的吧。你生在这里，就长在这里，永远不会东跑西颠。你只能晒这个地方的太阳，吹这个地方的风，在这个地方长出新芽又在这个地方落下叶子。你在这个地方，一待就是一辈子。

长长的时间里，你应该是独自看星星看月亮的，你应该是独自听松涛，听鸟鸣的，你应该是独自站在岁月的深处，看时间流逝的。那么，你一定是寂寞的吧。寂寞是可耻的，你一定知道，所以，夜深人静的时候，你是不是也盼望长在河边，当洪水泛滥的时候，你会伸出手来，搭救一位落水女子的性命？你是不是也盼望长在村子的最东头，每天与晒太阳的那位老人相依。岁月留住了老人的脚印，也留住了他体内的水分和力气，只剩下一身松垮的骨头和多皱的肉皮，再静静地看他的儿女把他关到山的一角——一把黄土，一块石碑，在岁月里留下一点点的痕迹。你是不是也盼望长在亮着的一扇窗前？听一屋的呢喃，看一盏灯的温馨？你甚至盼望变成一张书桌或者一件家具？

　　你，是一棵有思想的树，孤独而丰富。

　　因为太久远了，你站在岁月的深处，一站就是那么多年，你多想与这座山亲密相拥，多想和它合而为一。

　　你的心，变成了沉寂的渡口。

　　幸福是灵魂的事。

　　一道冰冷的光在黑暗里穿越了你的灵魂。

　　你多想坐在岁月的渡口，让灵魂远航。

　　后来，她来了。

　　她一定是为你的忧伤而来。

　　她一定是为你的孤独而来。

　　她一定是为你的思想而来。

　　她一定是为你的丰富而来。

　　你是欣喜的。

　　你决定和她谈一场优质的恋爱。

　　于是，你用散落在沧桑又青翠的枝叶上的魂，在古老的岁月里吟诵你爱的絮语。

先是雨，春雨的绵、夏雨的烈，秋雨的伤，冬雨的寒……四时的雨点都化作轻柔婉约的诗句，点点滴滴浸润着她的心房。然后是风，北风的嘶，南风的鸣，西风的啸，东风的吟……激动的时候，你还会折枝相赠。还有雷，还有古老的时间和流逝着的岁月……一百年过去了，又是一百年过去了……那么，是多少个一百年过去之后，你拥有了她的芳心呢？总之，春天里，你把自己的心掏出来，她把自己的心掏出来，秋天里，你们会结出一树一树的果实；深秋里，你们金色的叶片，一行行地落下，在大地上抒写爱的诗行；风起处，遍地金色的蝴蝶，如金海洋，波澜壮阔。

岁月苍老了一切。你们安静地生活在这片土地上，携手站在岁月的深处，看起伏的丘陵，看丘陵上宁静的田野，倾听着几百年昼夜不息的松涛。向着天空伸展的枝叶告诉了世人什么是生命！让爱融入千古岁月。

站在岁月的深处，你们很苍老也很年轻。

大地一片安详。

银杏，你这岁月深处最嘹亮的语言，常常是一言不发。

岁月深处的江面上一片空阔，只有水声流淌。

夜晚的河

暮色四合的时候，夜晚的河，才会生动起来。

远远近近的，明亮起来的路灯，一路伸展着，伸展成无数亮的星。

自行车、摩托车、私家车，突突突奔来了，是一对对，一家家赶到河边嬉戏、观夜景的人们。

河边一堆堆错落地坐满了人——大多是老人和女人们，他们的身边堆着鞋子和衣服，眼里注视着的，是不远处的河。因为，他们健壮的男人和年轻的孩子们，都浮到了河水里。刚会走路的小孩子们则奔跑在河滩上，引得小哈巴狗儿也乐得跟在身后直摇尾巴。

风，是清凉的那种。没有海风的腥味和咸味，就那么清清爽爽地带着夏天湿润的气息。水波柔柔地拍抚着河岸，安谧、悠闲。

夜晚的河，竟然是如此的温柔纯净，仪态端淑。

一切嘈杂都被夜色过滤，仰头看，天上的星斗，如儿时记忆中黑色城门上密密麻麻铆着的钢钉，远远近近地呈现着，像是一只只灵动的眼睛，有着深深浅浅的惊喜交集。

不远处，是谁在唱："草青青，水蓝蓝，白云深处是故乡，故乡在江南，不知今宵是何时的云烟，不知今夕是何时的睡莲，只愿能化作唐宋诗篇，长眠在你身边……"

柔软的感觉直沉心底。

记忆里，丽江的夜是肆意狂欢的，上海滩的夜是繁华热闹的，漓江的夜是多情柔媚的，而这一条河的夜却是柔软的，古朴中透着端庄清幽。路灯，把河畔浇铸成半透明的梦乡：星星，空气，水，植物，缥缈的歌声。人也变得轻飘飘，软绵绵，懒洋洋的，有些许的醉意，如同中了魔法一样。似乎有谁在耳边怂恿：休息吧，休息吧，什么也不用想……

却还是想起了浔阳江里幽怨的琵琶声和白居易满襟的泪水，想起了杜甫乱世观渔的芙蓉镇，想起了严子陵隐居垂钓的富春江，也想起了姑苏城外令张继失眠的古运河，想起了生活在武则天时代里的陈子昂粗重的喘息。

"干啥呢？"飘来女孩探寻的声音。

"读诗呵。"他说，有着金属般的质感。

"诗在哪儿？"她问。

"就在这儿呵。瞧，星星。夏风。河水。人群。还有我们。"他答。

"看啥呢？"还是女孩探寻的声音。

"看月亮。"他答。

"只有星星呵，月亮在哪？"她笑。

"你就是一轮满月呵。"他也笑，溅起了一串浪花。就在这河边，同样的对话，不同的人，重复了何止千遍？

"林清玄说，生命像极了写在水上的字，顺流而下，回头看时，却找不到半点痕迹。"女孩的声音里，有一份艰辛，像时光中难以用单音节朗读的部分："他还说，爱也是写在水上的诗。是流动的，不确定的。"

"俗话说水滴石穿。水的韧性，正如蓬勃的生命。河水清且涟漪，也像极了纯真的爱呵。"声音里有一种湍急的味道，如同汛期里的河水，急急前行的模样如同奔着锣鼓而去的孩子。

"可爱情，更像小时候燃放的那种叫钻天猴的烟花。"女孩的叹息里，有一丝的忧愁，如同轻波呢喃里的浪花。

"为什么不想一下那份美丽呢。烟花美丽的过程虽只是瞬间,但在心里却会存下永恒的惊艳,它的璀璨,就是为了证明爱情的存在是一件美好的事情。"依然是男孩子的坚定,坚定的声音里明亮、清澈,无知无畏得令人心慌。

夜空辽阔,天与地之间,在河水的叮咚声里,在无数星星凝视着的时间里,是无数青春的对话和生命的思考。

人,终其一生都是一个孩子,在苍茫的宇宙里,在永恒的时间长河里,始终都在漂泊和迷惑之中。关于生命,关于爱情,需要怎样的追问才能安妥自己的灵魂?需要怎样的倾听才能感知一种更宽广的智慧的声音?不需要孔子朴素而高贵、宽广而仁慈的哲理,仅需要爱人口中坚定的回答和关注,便会产生出一种认同。这种认同是花儿对露珠的认同,是星星对夜空的认同,是夜色对河水的认同。心便会开出花,爱,也会结出丰硕的果。

于是,夜晚的河,宛如一位来自远古的少女,羞怯地双眸清炯地漫过《关雎》,青青子衿里,有着窈窕的渴望。

夜晚的河。

刚刚开发的河。

它正以一种从未有过的姿态,颠覆着人们对她曾有的记忆。在这个夏夜里,她也正以静止的方式拒绝着时光的急驰,她内心的砂粒细细打磨着一个北方水城的影子。一条河流,在夜色里,把曾经的声响、光泽,曾经蜂拥在心灵深处的白色云朵、红色经典和许多感人的故事,短暂地回放,像一张有着咝咝作响背景音乐的老式唱片,模拟着风行走在水上的步子,然后声势浩大,径直奔向夜空,只留下笔直、快捷的背景和一夜柔软的时光,让厚重的岁月,沉入岁月的河床,绵延成岁月的华光,在岁月里流转。

夜晚的河,还没有浸入商业的气息,宁静而原始,袅娜着,面对一河的时光,莞尔一笑。

这条河,有一个秀气的名字:沂河。

因你今晚共我唱

"因你今晚共我唱……",夜幕四合时,突然就想起了《千千阙歌》中的这句歌词来。

"隔着三十年的辛苦路往回看,再好的月色也不免带点凄凉。"这是《金锁记》开篇里的一句话。我不知道,在结满霜花的尘世,在高楼大厦的一块桃花源里,夜深人静的时候,张爱玲会不会推开玻璃窗,遥望三十年前的月亮?然而,彼时,我却推开属于我的那扇窗来。

从高高的窗里看下去,迎面便是璀璨流动着的多彩的夜晚。

夏日傍晚的灯火如同繁花正盛的样子。

风轻轻地吹进来,夜色便更加浓郁,读着的《李清照集》摊开在桌上,蔡琴正忧伤地唱着:

> 窗外的天色已晚,
> 开口之前,
> 泪光已在眼里旋转……

风起处,角角落落里正孤独和寂寞着的先秦的梨花杏雨,以及穿着布衣行走在梨花杏雨里的男子女子们,与沉郁着的蔡琴撞了个满怀。

忧伤，再一次沉醉在时光的黑夜里，心再一次被抹上了沧桑和苍凉。于是，在夏日的夜里，我用灵魂拥抱起隔着时空的两位朋友——李清照、蔡琴，同时也拥抱起了李清照的苍凉和忧伤，拥抱起了蔡琴的沉郁和深沉。

闻说双溪春尚好，也拟泛轻舟。只恐双溪蚱蜢舟，载不动，许多愁。

苍凉路上的回望，坐在时间的风口上，忧伤的诗人寥寥数语，随手就把人间的千愁万忧都写尽了，淹没在黑夜里。而蔡琴的忧伤却那么长那么长：

不知道是早晨
不知道是黄昏
看不到天上的云
见不到街边的灯
梦悠悠
昏沉沉
你让我在这里痴痴地等……

那份幽怨，那份落寞与绝望，想来，我是懂得的。

心与心的相通是没有距离的。在阅读李清照的每一个文字时，在咀嚼蔡琴的每一句歌词时，我和她们是那样的亲近。同为女人，我们都历经沧桑，让一颗心在世态炎凉中磨碎又缝合，缝合又磨碎，然后再缝合。

世间最痛苦的事情，莫过于眼睁睁看着自己的心，一片片碎掉，如三月杏花雨般撒落一地，然后，含着泪再一片片捡起，一片片缝合。我不知道，当琴瑟合鸣的爱人永远离去后，李清照那颗温柔孤傲的心，是怎样的一片片碎去？当国破家忘的时候，坚持着"至今思项羽，不肯过江东"时，美丽多情的诗人，又怎样将心灵的碎片遗落满地？

蔡琴呢？当她唱起"唯你永是我爱人，永远美丽又温存"时，她想得最多的是不是如千万个平凡的女人一样，向往着《诗经》中的"执子之手，与子偕老"；当她说"爱是种绝对窗玻璃，你从中看我，我从中看你，大家愈看愈觉得分不出距离，但若强行逾越，便割得你遍体皆伤"时，十年的无性婚姻，痴痴等待中那个永不回头的男人……那颗落寞与绝望的心，又怎是一个"碎"字了得？

一个人行走在空山幽谷，心灵里洁白的小花随着岁月的流逝越开越繁盛。

满地黄花堆积，憔悴损，如今有谁堪摘？守着窗儿，独自怎生得黑？梧桐更兼细雨，到黄昏、点点滴滴。这次第，怎一个愁字了得！

64岁女诗人晚年的这份孤苦、凄清，谁能比拟？
道不尽的挣扎与执着。
曾经沧海难为水，她如同一只孤雁，在秋风中拍打着湿淋淋的翅膀。而这些流淌着彻骨忧伤的文字，总是缠绕着我，让我不得安宁。

夜那么长足够我把每一盏灯都点亮
守在门旁
换上我最美丽的衣裳……

花开花落，落红无声。蔡琴的声音在宽敞的房间里浸润着，仿佛在窗台上看着桥上风景的人，无限痴迷却不参与，只是一心一意地感伤。

我们来过这世界，见证了每个人独一无二的哀伤。

  莫道不销魂，
  帘卷西风，
  人比黄花瘦……

穿越岁月的风尘，李清照在忧伤地叹息着。

  是谁在敲打我窗
  是谁在撩动琴弦
  那一段被遗忘的时光……

蔡琴在唱和着。

  来日纵是千千晚星，
  亮过今晚月亮，
  都比不起这宵美丽，
  亦绝不可使我更欣赏，
  因你今晚共我唱。

  我又想起《千千阙歌》的歌词来。
  是的，虽然忧伤，然而，这个夜晚是美丽的。因为，两位旷世的女人，用心灵和我共唱了一曲曲千古忧伤的曲子，让这个夏夜像一朵花一样安宁、恬静、自然、美好着……
  莫道不销魂呢。
  共唱着的夜，一直在我的心头，那些忧伤坐在时间的河边，静静地流淌。
  我闻到了栀子的花香。

第二辑

生命里的柔软时光

母亲的夜晚

每当注视着夜晚中的母亲的时候,我就开始沉思,沉思着关于母亲的夜晚。

这样沉思着的时候,老屋的那扇一直锁着的门,就会咔哒咔哒地响起,如同锈锁打开的声音。于是,我便回过头去,老屋就蹲在那里,如同怀着无限的心事,一声不吭。推开那扇门,母亲就在门里面微笑着。于是,关于母亲的夜晚,就会跟在打开的门后,在我的面前展开。

那时,母亲的夜晚,应该是从或远或近的狗的叫声开始的吧。空旷的夜里,山村是安宁的,月亮温柔地笼罩着山野和村庄,尖锐的、如金属般的狗的叫声便一下一下敲打着薄薄的窗户纸和那两扇窄窄的木门。

这样的夜里,母亲总是一边在灯下纳着鞋底,一边轻轻地唱着戏曲,《王宝钏》《王二小过年》《小放牛》……字和音里,有着鲜活的阳光、土地、麦子、泥土的香味以及与孩子相依为命的温暖和满足。这样的夜里,屋内是昏黄的光团,屋外有静静的月色,当孩子迷迷糊糊睡着了的时候,母亲便会停下来,叹口气,想一想远在外地的父亲,然后继续纳着鞋底。静静的夜里,布鞋底穿过麻绳的嗤嗤声,以及母亲拿放拔针时金属的声响会一直走进孩子深深的梦里……

不纳鞋底的夜晚,母亲会拿了剪刀和粉色的纸张剪纸。这样的时候,母亲是专注和用心的,浓密的黑发中闪过润泽的柔光,两排安静漆黑的睫毛里有着无限的芬芳柔软。是一种说不出的爱吗?是一个又一个等待和企盼吗?剪刀起落处,花鸟鱼虫、四时景色,便呼之欲出。那些美丽的图画,质朴真实,就那么柔美平静地存在山村的夜里,一如母亲的神态,让人一点都不会感觉到山村夜晚的唐突和冗长,夜晚就在母亲灵巧的手上和孩子惊叹的眼神里飞逝而过。在这样的夜晚,不会看到时光脚步的惊慌,只有一份细腻沉稳和安静。在这份安静中,似乎都能感觉得出那些看不到边际的绵延山峦和山上遥远着的小路。

时光如同河水,悄无声息地向前奔去。故乡绵延的山峦和山上遥远着的小路与我一别就是经年,但关于母亲和母亲的夜晚,却一直走在这些绵延的山峦和山上遥远着的小路上,直到母亲从大山深处来到我所居住的水乡小城。

常年的劳动严重损伤了母亲的健康,疼痛常让母亲不能长久行走。于是,晚饭后,和母亲慢慢地散步成了每天坚持的事情之一。

傍晚的马路上因为没有行人和少有车辆,安详而平静。路两旁是盛开的油菜花,一片一片的金色,向着夜色深处铺开了去。母亲走走停停,只有这样,才能让母亲的腿缓解疼痛。马路上的座椅毕竟有限,走累了的母亲,就把整个身体靠在我的肩上。这样的时刻,我就用手搂住母亲,母亲便信赖地将自己交付给我,眼里是一份纯净的满足。

和母亲慢慢地行走在盛夏的夜里,母亲不时说起从前的种种:相熟的亲人、从前的生活或者久远的一些琐事……母亲这样说着的时候,总是有一股怀旧的韵味,我走在母亲的身旁听着,应和着,便一下一下被拉进久远的岁月深处。路灯把我们的影子交错、重叠、分离、拉长又缩短，就像母亲诉说中的岁月，也像听母亲诉说时的我的心情。

下雨的夜晚不能散步了，便只好守在家里。大半时间，房间里没有声响，但不孤单，也不寂寞，只是安陈着许多幸福的迹象。温暖的灯光下，我坐在电脑前专心写稿，母亲则会坐在我的旁边，戴着老花镜，专心看书写字。年轻时的母亲是读过"识字班"的，多多少少地识几个字，在我这儿住下后，母亲最想做的事情就是读书识字。于是，借了学前班的课本，定期给母亲上课，布置作业，每年定期给母亲进行两次考试，年终评定成绩，并进行总结。几年下来，母亲竟连一年级的语文课本都几乎学完了。所以，下雨的夜里，是对母亲进行小考的时候。每次做完试卷，母亲都会像孩子一样小心地问我，你看写得对不对？我总是不经意地说，还好还好。母亲的脸上竟会有一种羞赧的表情，像小学生受到老师表扬一般。我望着灯下的母亲，望着灯光中母亲满头的白发，常常会有一种心酸欲泪的感觉。母亲真的是老了，她会像孩子一样地依恋你，在意你对她的评价，就像我们小时候在意母亲的表扬一样。然而，我却是如此地贪恋这寂静中不断萌发着的幸福，贪恋着因为母亲而幸福安宁着的夜晚。

就像我收藏着的母亲年轻时的剪纸，就像我收藏着的母亲的每一次试卷和每一张练习用过的纸张一样，我知道，我要收藏的不仅仅是一段段幸福的时光，更是一个个关于母亲的美丽而宁静的夜晚。这样的夜晚，是一路温柔盛开的黄花，照亮我远行的路，还是一朵又一朵浅蓝的雏菊，被温存地放在记忆的信笺上，静静地香。

多么好的一个下午

多么好的一个下午。

纯净细碎的阳光洒落在她居住的房子上。窗外,可见那江南老房子的灰色瓦片组成的屋顶和错落有致的院墙,依稀可见明澈澄净的蓝天,在她出神凝思的时候,这一切如同一幅美好的画,古老、空灵而悠远。

这样的时候,是很容易让她想起从前,想起自己缠绕着的心思来的。

三年前,她是典型的OL一族。高高的额头,如瀑长发,有着雪一样的目光,神情安静而腼腆,眉宇间总有一种晶莹透明的东西闪耀,周身有一种不染纤尘的美丽。那时的她,与许多年轻女孩一样,美丽是不能打一点折扣的:喜欢穿紧身的连衣裙,5厘米高的高跟鞋,每天早上用10分钟化一个妆,中午花2分钟补妆,手提包里永远都有一双备用的丝袜。在她眼里,知识与美丽同样重要,即使在上班的公车上也要记6个英语单词,晚上和周日,还要上这样那样的辅导班,生活实实在在地握在自己的手上。

就在这时,她遇到了他——成功而英俊儒雅的梦中王子。除了外在的优秀外,重要的是他对她的那份真爱,每天一束火红玫瑰风雨无阻地送到她的办公桌上,不但成就了她一份浪漫纯真的粉红色的梦,更引来无数姐妹的惊羡。她一直忘不了亦舒的话:男人,不管是美是丑,到头来总会伤害你,既然这样,不如找个漂亮的男人来伤害自己。是呵,死也是被美死的,何况,他有的不仅仅是一份英俊呢。于是,便兴高采烈地与他牵手红地毯,之后生活便的确如童话里说的那样:"从此,灰姑娘与王子过上了幸福的生活。"

当她确认自己的确很幸福后,她便一心一意地享受着他能给予的一切。工作是早就不做了的。作为一个成功人士的太太,每月三千两千的收入是太无所谓了,更何况还要看老板的脸色;家务也无须她劳神费力,年轻的保姆早打理得井井有条……"你只管做你的幸福太太好了。生活的一切有我呢。"想着他的话,她的心便安安稳稳地放在肚子里。生活便是上上网,找同样悠闲的女伴逛逛商店、做做美容,再或者搓搓麻将……有时,静下心来自己都奇怪:不穿套装真好,穿套装的感觉就像灰姑娘的红舞鞋,除了疲于奔命,还是疲于奔命。其实,一个女人需要的并不多,无非是一个爱她的老公和衣食无忧的现实……自己过去的所有努力和追求是多么卑微呵。

当他因一次意外而彻底失败时,除了手足无措,她竟一点都帮不了他。这时,一位与他同搏商海的女人却对他伸出了有力的手。此时,她才知道自己与他与生活的距离,也才第一次认真审视起了自己:镜子里,是一个心宽体胖的富太太,一张没有理想、没有追求的平庸的脸,平庸得连自己都感到陌生。

这时,她才想起,三年了,她总在恣意地使用着自己的美丽、自己的爱情和生活中的幸福,虽然是物尽其用了,但却留下了永远的遗憾——她再也回不到从前。

有时,她也在想,假如从前遇到的只是一个普通的职员,假如生活中的他对她苛刻以求,生活会是怎样呢?是幸福扼杀了自己,还是自己扼杀了自己？

　　浪费一生或成就一生是可以选择的。女人，哪怕你找到了再爱你的男人，哪怕他给了你多么幸福的生活，都一定要保持住婚前的纯真、精干、美丽、幽默、得体、智慧、深情、羞涩、勤劳。因为，未来的生活，还有很远的距离要跑。这样想着的时候，抬头看着远处的天，一程又一程的山水，一程又一程的感动。此时，世俗的喧嚣如流水般在耳边退去，而生命纯真的本质和理想则又随着天光云影浮现在心灵的天空。

　　夏风无意，忽地吹来，又忽地吹去，屋内的凤尾竹籁籁作响，尽是夏声，飘忽在她惆怅着的心头……

有一些时刻仅属于自己

水雾弥漫的河边,有迷蒙的月色,女孩一转身就走了,清水一样的面容只留下潋滟波光的影子。不记得是翻看哪本书时的文字想起的影像,但这路遇的描写却是深深地刻在记忆里。虽然在岁月的流逝里,那个转身而去的女子早已老去,但读那段文字时所拥有的心情却是一直清晰地刻在心里。其实,这样的感受,或者这样的时刻,是属于自己的。

像亲人在夜里相遇,我们隔墙谈天,直到青苔爬上了唇际,将我们的名字遮掩。

每当读起美国著名女诗人艾米丽·狄金森的这首《为美而死》的诗句时,我便会想起这位因爱而自闭的才女说过的另一句话:

晚餐后我躲进诗里,它是苦闷时刻的救赎。

这样的时刻,是适合一个人的:静静地想一想这位曾写过1800首诗的才女在世时仅发表几首的那份痛苦,想一想30岁的她爱上并不欣赏她才华的编辑沃尔斯时的那份无奈，想一想当她爱上一个大自己18岁的有妇之夫时的那份不忍，更要想一想，她为了给他们夫妇写信而花费一个晚上时间的那份小心与斟酌，想一想一个缺爱的女子厌弃红尘纷扰时心里的那一份苍凉……这样的时候，一句话或一个眼神都是多余的，需要的，仅仅是一颗平静无波的心。

有同学从远远的地方来看我。选了最好的茶馆坐下，要了清香的玫瑰花茶。只是对面坐着的已不再是19年前那个清瘦单纯的女孩。话里话外多了些客套的意思，话题也无非是家长里短。但这个时候，我的心里还是充满了感激，这份感激并不仅仅是她山长水远地来看我，而是感激她让我记起了青春岁月的影子，让我记起了曾经年轻鲜活着的心和热情，记起了在很久的从前，自己曾经也有过一件公主的外衣，虽然，这件外衣在岁月的长河里洗得太久，小了，旧了，破了，掉色了，甚至记不得在哪一天，在什么地方丢失了，但这一切都不重要，重要的是，她激活了我可以一个人品味的许多记忆。

还有，那些不期然而至的忧伤。

一句话，一个眼神，或者是母亲的一个电话，甚至父亲的一根白发，好朋友的一个误会……这样的时刻，最是应该属于自己的。在沂河的边上踏月，感受着清寂中的那份伤感，穿透苍茫的夜色，温暖之中凄凉会一点点浸到心里，而那份感觉是无人能懂，更是无人能知的。

秋雨绵绵的夜里，沏一杯西湖龙井，在袅袅的茶香里，一遍遍地听《昨日重现》；或者，在某个夜晚，守着爬到窗台的那轮圆月，读一读晏殊的词，让心盈盈地穿越时空，和那个绝世才子一起，在月下，在花间，或笑语频频，或浅吟低唱……

梵高的《十四朵向日葵》也是需要一个人独自品味的：黄，黄与朱红，朱红与黄。那花盘纤瘦却又丰腴，厚实而又饱满。十四轮花盘正、侧、仰、垂，彼此分散又相互呼应，簇集起来又形成序列。圆盘四周的花瓣交叠着，扭转着，舒展着，或者卷折成生硬的三角。尤其是那擎着花盘的粗梗，硬韧地折过来，又硬韧地拧过去，折拧得艰难而执拗，所有的弧形里都似乎带有个性的棱角，沉重而倨傲地举起那花盘，并把全部心血聚送到那里。那深沉的红，不属于花的本色，它应该是画家异乎常人的激情与思想，那被压抑、贫穷折磨之后依旧不屈的生命血素！

是的，有许多的时刻是只属于自己的。这样的时刻，灵魂在独自行走；这样的时刻，唯你一人独享。如同在用喜欢的笔丈量太阳与夜晚之间的距离一样。这样的时刻是幸福的，这种幸福是跋涉的过程，这种幸福还是收获时的乐趣。"活着写作就是最大的快乐。"这时候的孤独是必须的，也是快乐的。

因为拥有了一个个仅仅属于自己的时刻，我格外珍惜握在手中的日子，那些浮在心间的俗念，也渐渐地沉淀，而我浮躁着的心，也因此变得空明澄澈了起来。

守住自己的心

年末岁尾，冬日下午三点的太阳，仍然会从窗里挤进来，斜照在我的办公桌上。慵坐藤椅，捧一本书，纸片和钢笔散放在木桌上，边上的电脑里有着古朴的筝声。一杯新沏的绿茶，是淡淡的龙井，有浅浅的碧绿，杯口一柱热气，袅袅腾腾。

又是一年。

这一年，我竟如此淡定，更加豁达大度。许多的事，如果是十年前的我，会立马委屈地痛哭；如果是五年前的我，会立马辩驳以讨公道；如果是一年前的我，会心怀怨闷，忧伤不已。然而，今年的我，懂得了忍韧，学会了淡定从容，笑对人生。

这一年，仍然是好书相伴。我读张晓枫的《从你美丽的流域》中的儿女情长，读她那"一蔬一饭一鼎一镬都是朝朝暮暮的恩情"，读她文字里的那种江湖侠客的气度；也读胡兰成的《山河岁月》，抛开他的人品，我只读他笔下自然组接、优美如诗的文句，从中感受妩媚的文字，从而认同了余光中所说的"清嘉而又婉媚的绝句，《山河岁月》之中，仰摘俯拾，趣有五步一楼之感"。同时，我更喜欢读阿袁的深邃与犀利，她古典的笔锋直指人性的卑劣，尤其是知识分子人性的弱点。让人爱不释手的，还有她小说的语言。在阿袁的小说里,我读出了钱钟书特有的学者式幽默和犀利,品出了张爱玲的苍凉和华丽,也看到了王安忆的深邃和细腻。《汤梨的革命》《长门赋》《虞美人》《锦绣》《俞丽的江山》《郑袖的梨园》,每一篇都是佳作天成……应该说,于丹雄起豪迈得了大江东去的真传,阿袁则步了良辰美景奈何天的厚韵。她能把吃饭睡觉等一干俗事都风花雪月成文学的修辞,且华丽,且婉转,其中微妙的讽刺、调侃、幽默常常令你不禁莞尔,到了还是一声叹息。阿袁还很有点像张爱玲,那冰雪聪明,那对人性的洞察,那华丽的苍凉,那骨子里的伤感和无奈,都很像。

这一年,文字仍然是我的最爱。我仍然极容易地被那些文字轻取灵魂,一任那些如月光般皎洁,如溪水般清澈,如沙粒般柔软,又如青春一样疼痛的文字,缓慢而安静地,淹没了心中每一方柔软的角落。

这一年,亲情是我最大的安慰。

曾经,总是急急地赶去接着的那个小人儿,竟一次次赶在我回家的路上等我。握着那双小手,看着走在身边的她,心里总是会突然地温暖:谁又是陪伴着谁呢?

年过八旬的妈妈一天一天地衰老着,衰老在我的眼前,她是那么的脆弱,那么的柔弱,柔弱到总想抱了她在自己的胸前,给她爱、温暖和一切,正如她曾经给予我的一样。但她年轻时的样子却总是在不经意中闯进内心,与现在的我争斗一番。岁月带走了妈妈的健康、美丽和青春。于是,我更多地守在老人的身旁,说说家常,聊聊往事。如果可能,我真想长久地把那个苍老的身躯抱在怀里,给予她更多的关爱、关怀和温暖!

此时,冬日傍晚的阳光里,古朴的筝声,给我一种温暖的感觉,灵魂深处猝不及防的爱,总能将我们往昔曾经历过的,却早已沉淀在记忆深处的感动悠然唤醒,让一种久违的纯净一直触动到内心最柔软的部分。生活里,那些悸动,那些牵挂,那些思念,从未走远。人来人往,情走情留,即使尘世飞转,斗转星移,我们都会珍藏生命里那些容颜,如同眷恋那种不施粉黛却让人觉得惊艳的美,如同一种淡淡的柔和的光,照彻我们生命的天空,成为我们生命中最美的传奇。

  崭新的一年,应该还是有着许多的期待,许多的梦想;梦想生活丰富、安宁、淡然而阳光;有可以相伴的美文,有可以相聊的知己,有健康快乐的亲人,更有自己可以实现着的那些理想。龙应台说过,所谓的父子母女,就是一次次的送别,一次次的目睹背影,而人生又何尝不是呢?目睹着2012年渐行渐远的背影,除了感慨外,我想的是在来年里,守住自己的心:淡定、感恩、善良、坚忍。

曾经与爱隔河相望

一个电话,竟让她怅然了很久。

一个下午,竟一直在努力回想,不再联系有多少年了,十年?或者更长?不记得了,只记得从那个夏天之后,再也没有联系过。在青春岁月里,曾经那么重要的一段岁月,竟然如一滴水,落下了,便了无痕迹。曾经的梦想,曾经的过往,原来是如此的苍白无力。

应该是中学的时候,第一次见到他。英俊、文雅、修长、洁净,玉树临风,才华横溢,是她梦中喜欢的样子。于是,喜欢便一发而不可收。他行走的样子,轻轻的微笑,于她都会让心柔软成一片妩媚的水草。

因为生病休学,回来后恶补,第一次成绩出来后,他娟秀的字里露出点点欣喜:这,足以证明你的努力是成功的!短短的十三个字,如一树绽放的春花,让她沉醉在一片四月的春风里。

从此,岁月的枝头上,点点滴滴的思念,欲说还休,缀成漫山遍野的花朵,绵绵不绝地绽放,寂寥淡然地飘落,分外的缠绵。

然而,喜怒哀乐都是她一个人的,内心的波澜即便卷起了千堆雪,也只是她一个人的事。日常里,她永远是那个羞怯的小姑娘,远远地生活在边缘地带,独自固守着自己内心的秘密。那隐忍的情感，如二月的柳絮，飘在或潮湿或晴朗的内心里。

于是，便有了一个又一个长长的梦，每一个梦里，细细折叠起来的心事，如樱花般碎碎屑屑地开放。这一梦就是许多年，梦到结婚生子，梦到岁月经年。

然而，一切也仅是个梦而矣。

也曾有过经年的通信，尊敬的，疏远的，或者是青涩、拘谨的，隔山隔水般地客气着。

就是他吗？但年少时的那种刻骨铭心，那份蓦然欢喜……如何抵挡似水流年？

不由想起《牡丹亭》来。

啊，姐姐，小生哪一处不寻到，却在这里！

柳梦梅多情的一问，便注定了杜丽娘的一生一梦，一梦一死，一死一生。哪一处不梦到，却在这里？这痴心的话，竟与张爱玲的出奇相似：于千万人之中，遇见你所要遇见的；于千万年之中，时间的无涯荒野里，没有早一步也没有晚一步，刚巧遇见了，虽没有话可说，唯有轻轻地问一声："喔？你在这里吗？"

在这里，其实不是你，也不是他，遇见的，其实是自己内心里的那份欢喜，那份半遮半掩，那份欲说还休。

此际心如空山，仍然听得见潺潺水声流动，是早春二月的那种。

脆弱的玻璃

清晨,阳光穿过丝质的落地窗帘,那胭脂般的红便洒满了我的房间,静静的,温暖的,深吸一口气,似乎就能闻出淡淡的香来。

和暖的阳光、洁净的空气、明亮的房间、开阔的落地窗、飘逸的窗帘以及可以随时远眺的阳台,这一切,竟哗啦啦地在这个清晨扯开了我的记忆。

她总是喜欢微笑,眉毛轻轻地向上扬起,如清新的弯月,露出洁净的牙齿,如同闪光的珍珠。她说,在这样的微笑中,一个人的身影就款款地走来。

她总是喜欢端一杯绿茶,淡淡的茶香里,眼神望向了远方。在久久的凝望里,她说,会看到清风掀起的白色的衣衫。

她总喜欢看书,一本又一本的,在静静的展读中,她说,会想起那个和她赌茶争书的急切的脸……

她是我的朋友,而她一直在追忆的,是她逝去十年的爱人。在她的追忆中,她的爱人,一直鲜活在她的周围。她的所做、所思、所想,总让我心中沉睡着的感动醒来。醒来的时候,便会想起朗费罗的诗来:你的命运一如他人,每个生命都会下雨。但我知道,正如花开花落,月圆月缺一样,所有的雨都会停的。只是不知道,她心底的雨要到什么时候能停下来？

想起拜伦的诗来：假使我又见你，隔了悠长的岁月，我如何致意，以沉默，以眼泪。而张爱玲却说，隔了三十年的时光，再好的月色也未免有些凄凉。

是的，爱情与两样东西发生关系时，就会变得荡气回肠：一是死亡，再就是时间。于是想起了举世闻名的《变形记》的作者卡夫卡。在他，真正的爱一生只有一次，刻意遗忘却是最永恒的纪念。在几十年孤寂的生命里，最深的悲戚与甜蜜只有他和他的爱人——米烈娜·洁森斯卡知道。虽然终生不再谋面，但他却把爱情提升到了一个令人敬仰而泪流满面的高度，就像《时间旅行者的妻子》一书中所说的：缺席，让爱意更浓……

又想起谢晋说过的话来：无论自己一生中怎样颠沛流离，怎样痛苦不堪，只要有亲人相守在一起，一切都会变得美好起来。

不由记起了一直生活在追思中的那位朋友说过的一件事来："因为爸爸的去世，我的儿子从此留下了个毛病，每天不知要打多少个电话，只要电话接不通，就疯了似的满世界里找……他总是担心他的妈妈也会一下消失了呢。"话语中，一个母亲心中的疼痛，是怎样的释放与升腾？

想起了我的母亲。

每次出发，母亲总跟在后边一次又一次地问：就不能不去吗？就不能不去吗？那苍老的声音，让我的心一痛一痛的。每天上班，母亲总站在窗前如同一个孩子似的眼巴巴看了又看，那份落寞，都让我不能回头张望。其实，她那白内障的眼睛，又能看得了多远？但我知道，一天又一天独处着的母亲，她的心中，应该是堆积了太多太多的遗憾与疼痛，一层层地叠积，最终凝聚成了琥珀，如同她的眼睛一样吧。

想起了我的同事，一个总是笑口常开的人，却因胃癌去世。他的妻子，一夜间白发全生，看上去苍老了十岁。她的眼神，让每一位见到的人，都真切感受到她的痛苦与伤感。

幸福，谁又能永久地掌控呢？虽然，我们总是坚信幸福就在当下，就像此时的我，窗外有洁净的蓝天，窗内有生机四溢的花木，有煦暖的阳光和美好的氛围——美好得如同一个谎言。虽然我知道，这个谎言，是我亲手绘在玻璃窗外流动着的蓝色天空上的，虽然我还知道，这片流动着的蓝色的天空，仅仅是一块脆弱的玻璃。

有风吹过凤尾竹

整个下午，我都在温习风动凤尾竹的声音，温习初夏的温热和一首远古的诗。

"结发为夫妻，恩爱两不疑"，读着这样的句子，我轻轻将鬓发绕在指间，霎时萦绕了一股强烈的缠绵，整个人就深深地沉下去，宽大的房间里只有风动凤尾竹的声音，哗啦啦，哗啦啦，流水般漫上心头，半生的苍茫，也全都拢进这清冽的水声中了。

> 结发为夫妻，恩爱两不疑。欢娱在今夕，嬿婉及良时。
> 征夫怀远路，起视夜何其。参晨皆已没，去去从此辞。
> 行役在战场，相见未有期。握手一长欢，泪别为此生。
> 努力爱春华，莫忘欢乐时。生当复来归，死当长相思。

这首美丽的诗句，我怎么都不能把它与一个刚烈的汉子联系起来。在我，"使于四方，不辱君命"的苏武，如何能写出如此深情缠绵、忠贞感人的诗句来呢？

想来，远古的恋人是浪漫蚀骨的，当女子订婚后，就会用丝缨束住发辫，表示她已经有了对象，到成婚的当夜，再由新郎解下。古籍《仪礼·士昏礼》中的"主人入室，亲脱妇之缨"，便是此意。更有聪明可爱的女子，若思念丈夫或情人，不好写信，又不好托人传话，便送上一只美丽温润的锦盒。锦盒一定是女儿时的最爱吧，有香香的气息，更曾是用来盛放"画眉深浅入时无"所用的眉笔吧——层层叠叠的锦缎里，打开了，里面是绾成同心的一缕青丝，如诗如梦，浸过了多少的恩爱，存放了多少美丽的梦，更有呼之欲出的万语千言呢，朝思暮想的那个人见了，又怎能不生出万千的归心似箭和欲说还休呢？

多么美妙呵，一对相恋的爱人，不用婚约，不用金屋，只用一把青丝，便将自己和对方深深缠绕；何其聪明慧黠的女人呵。"欢娱在今夕，嫣婉及良时。"读这样的句子，便如同坐在浓荫下，看天上风云更迭，这时，恰好有风路过，心头会有哀伤之感，这样的哀伤应该是一种曲曲折折吧。"行役在战场，相见未有期。"读着，便感觉有风，丝丝凉意，也是忧伤的。这样的忧伤，是明亮的，薄脆的，应该是一种碧色的吧，慢慢自心头吹过。"生当复来归，死当长相思。"哀伤，应该是早年的那种薄脆的忧伤，长途跋涉之后，又自千年长寐中醒转，终于又增加了沧桑的意味。

于是，一个久远的身影便在这初夏的午后站成了花开花落的日子，而这个千古流传的句子，竟也深深地溶进了零落成泥碾作尘的梦了。而我，在什么都不做的午后，竟被一片不经意涌进的风击伤了心扉。空荡的窗外，艳阳如织，却是微温的壁上的一抹水墨，在散开的凤尾一样的日子里，渐渐温柔起来，有一种繁花满树、艳色不似人间花的感觉了。

爱是忠诚。

爱是生死相许。

巴尔扎克这样说过：爱不只是一种感情，也是一种生命的艺术；爱使生命崇高磊落，使生命具有诗意——这是爱的真正品质。

在我们的心间铺出一块真爱的绿地，这世界将是另一番景象呢。

"结发为夫妻，恩爱两不疑。"好多年过去了，我相信自己仍然会用双手握住这一远古的句子取暖。

我仿佛听到了凤与凰的歌咏、对唱。

时间就在这一刻停止了。

十月，美好的时光

> 雨纷纷，旧故里草木深，我听闻，你始终一个人。斑驳的城门，盘踞着老树根，石板上回荡的是，再等雨纷纷。旧故里草木深，我听闻，你仍守着孤城……

简约的文字，嘶哑的声线，低回的旋律，十月的午后，阳光洒了一地。倚在墙角，倦倦地阖上书，细细地听着周杰伦的《烟花易冷》用最擅长的中国风，将一个凄怨的爱情故事演绎得如此动容。便忽然想起朱自清的句子来：像针尖上一滴水滴在大海里，我的日子滴在时间的河流里，没有声音，也没有影子。

一俯首，一扬眉，年华迟缓又急促地前行。抬起头，天依旧湛蓝湛蓝的令人心醉，让我有种想飞的感觉。

是的，心中总有一种欲望，渴望背负行囊远走高飞。想去很多很多的地方，感受火车上忽忽过耳的风的热烈，感受骑在马背上暖暖的光的折射，感受飞机穿入云霄的震撼，如三毛一样，不断地游历，在游历中感受生命的美丽与壮观。更多的时候，一个人安静地听听歌，让徐徐的风自发际轻扬而去，让我的心也婉转流淌在萋萋芳草的幽谷里。

总是贪慕这一刻的宁谧、祥和、舒缓呵。

只是有一些事情，一些人，使我们在独处的时候，会无声感伤，却没有任何悔改。有一些事情，一些人，提醒我们曾经照耀彼此眼目，虽蚀骨般剧痛却依旧在念想。享受着无人打扰的休息日，享受着安妮文字中安静的思考与恬淡的姿态。

安妮宝贝在《清醒纪》中说，水一旦流深，便会发不出声音。感情大抵也是如此吧。记得古龙的小说里有这样一句话：梦多辗转梦易破，情到浓时情转薄。起初不以为然，总觉得若是感情深厚，应该朝夕相处，时时相聚，彼此间当有诉不尽的言语。及至年岁渐长，方渐明白，"情深不寿，强极则辱，谦谦君子，温润如玉"。

生活很丰富，生活很多变，然而，我想要的，仅仅是在偶尔闲暇的时候，独享一段美好的时光，看看书，写写字，听听歌，和你说说话，然后问问自己的心，你要去哪里？

秋 天

　　秋天正午的阳光，是那种带有温度的谷色，厚实而饱满，而到了傍晚，就变得清凉寒冷，零落而且稀疏，质感的风如顽皮的孩子穿行在城市的空隙里，它的另一端却一定系着干净温软的夕阳。捧一杯香茶，坐在高楼的阳台间，隔着宽大的窗子抬头看一眼变得更加高远了的天空，也能感觉到一份怡人的秋意。然而，一个人静静地走在沂河岸边，却会是另一种感受。

　　夕阳的余晖投在那一河的水里，如同谁在河里撒了一把金，让世界一下了变得珍贵了许多。洁净的石板与细细的鞋跟合奏出平平仄仄的曲子来，或急或缓，或清脆或妙曼，叮叮咚咚，在暮色里回响。少了白日里的喧哗杂沓，平静无波的河水在悄悄诉说着世间的沧海桑田，绿肥红瘦。隔了宽阔的水域和淡淡的薄雾，河对岸的一切便拖着一抹淬火后的苍黑；望着那一轮干净柔和而又清冷寂寥的月，想着酸酸甜甜的日子，不知怎么竟让我突然想起了前世今生。

　　前世，我是不是就是那个"望断千帆皆不是"的少妇。夕阳下，着一身烟灰色的旗袍，寂寞中信手涂着自己的心情，感觉纤细如此，一触即碎般孤独地守候着那个远归的人？前世，我是不是就是那抹韶华逝去的红颜，斜倚雕栏，遥想当年沂河边盈盈流转的青春和曾经美丽着的爱情？前世，我是不是如这片伶仃飘落的叶或那形单影只的鸟？前世里，我是为一轮明月而问酒或为一壶愁酒而问月？还是为过往的梦而悔恨？再或者我会留一盏灯听风诉说？

那么，秋天，你是一位怎样的女人？

当春天迫不及待地诉说自己艳丽容颜的时候，当夏日热烈地彰显自己热情的时候，当冬天银装素裹，妖娆了每一双踏雪寻梅脚步的时候，你，曾怎样冷眼看彻四季？

秋天，你总是清清的，静静的，有些悲凉地独自立在四季的一端。

高远的天空中，暮色里结伴归巢的群鸦，几串粗糙嘶哑的鸣叫，总有着一种熟悉的苍凉从心底涌出，说不清的，不知是为了那遗失于人群之外的寂寞，还是为了郊外那愈见厚重的暮色。因此，秋天，你是四季里渴想得发疼的一个愿望，你是痛苦中的美丽，绝望中的微焰；你是庙堂中的一只鼎，鼎上的一缕烟，虚无却又真实，天恒地久挂满四季的枝头。

曾经，硕果缀满你的枝头。

曾经，饱满的收获累弯了你娇俏的腰身。

一阵风，或者两阵风，盈满的你，便成了一种寂寂的回忆。尽管风中不时也有落叶飞旋，但你却旋即而瘦，苍老也只是转瞬之间。那份短促，竟让你连盛夏与冬日之间浅浅的味道都来不及仔细回味，因此，你只能带着这份惆怅躲进北风里去等待来年呵。

秋天，你是一位优美而带着一丝伤感的女子吗，就像不得已的爱情？

于秋天纺织衣物的手，一定很冷，但秋天，终究把一些温暖留了下来。

沂河赏月

在一个没有月亮的晚上,我独自来到城外的沂河边,静静感受秋夜的美丽和宁静。

虽然没有月亮,但河边路灯整齐的光晕却为沂河披上了一层温柔妙曼的外衣:一块块绿色的草坪在温柔的灯光中展现着特有的甜怡安详,那份试图湮没一段滚滚烟尘、一段历史的繁茂,让人忍不住光了脚去亲近;习习的凉风挟了淡淡的潮气拂动着河边的垂柳,柔长秀美的柳枝袅娜地舞动着,如同翩翩起舞的少女,那份轻盈与诗意是一直沁到你的心里的;在这远离喧闹的地方,沂河也如同一位乖巧懂事的女孩,怕扰了这份宁静闭紧了自己的嘴,只睁着一双妩媚的秀眼静看这美丽的天地人间;河面上,微风荡起的层层涟漪,如同一位千娇的美人唇边的微笑,让甜美的感觉在你心头涌来荡去;一对对亲密相随的身影更为这美丽的夜色增添了一份温情;都市的喧闹和繁华,此时只剩下了一些淡淡的"星光",寂寞地点缀在远处的夜幕上。

在这淳朴、淡远而宁静的时刻,我不由记起了那个满月的夜晚。

听说今年月亮最圆的晚上,是中秋之后的第三天。那天一大早便接到朋友的电话,相约晚上到沂河赏月:两个三十岁的女人河边赏月，除了一份矫情，一份浪漫外，更多的是一份激动。当我们匆匆吃过一点东西走出餐馆时，灯红酒绿的喧闹里却找不到月亮的影子。我不由懊恼地叫了起来，朋友却轻轻笑了："瞧，月亮在楼的那边呢！"顺着朋友所指，我终于在都市的繁闹中找到了月亮如玉般妩媚的面庞，我们激动得如同孩子般向着月亮奔去，一直来到了沂河的岸边。

赏月，已是久违了的事，更何况拥着这满怀蓊蓊郁郁的宁静！都市的繁忙与浮躁，让那颗曾清纯如水的心在日渐坚硬中忽略了生活中许多美好而诗情的东西。然而，月亮并不因你的疏淡而停止自己的圆缺，此刻，这晶莹如玉、剔透如冰的满月，想必正是儿时故乡的那一轮。在这满月的夜里，是最适合回想儿时的故事和对母亲的思念的。因为无论走得多远，你也走不出母亲的牵念和月亮的盈亏呵。"一钩新月天如水"，但莹莹如玉挂在中天的那轮满月，似乎是向人诉说着，也等待着人诉说衷肠。于是，在这月亮最圆的晚上，两个不再年轻的女人敞开了各自的心扉。

朋友是备受上帝厚爱的那种女人。她不但有着美丽的容颜，更有着纯净如月的心灵。良好的文化修养又使她拥有着娴静淡远、清丽怡人的韵味，恰如天上的那轮满月，除了一份辽远的感动外，更有着安详静谧，简洁而淡定。她周身散发出的那种真挚和纯情给人一种"旧时芳华最堪惜"的温馨。此刻，守着这样一位如诗般美好的女子，心情也纯净美丽了起来。于是，月华如水的草地上，面对水波不兴的一河秀水，如少女般单纯地快乐着。这样的氛围，除了谈一些很私人的话题外，还可以尽情谈论"明月几时有，把酒问青天"；谈论"月出皎兮，佼人僚兮"；谈论"流光容易把人抛，红了樱桃，绿了芭蕉"；也可以谈论"月光，像圣水一样流淌"……

不知不觉之中竟谈论出纯净的古典情怀来。从家中带来的微型收放机里正轻轻流淌着我们的最爱《回家》。萨克斯那特有的苍凉在这浓密的宁静中摇落出旷古的凄婉，更摇落出一片淡淡的怅惋，恰如天上含了一抹忧伤的月亮。此刻，夜色浸润着音乐，音乐溶润着夜色，就像喧闹都市中无处不在的孤寂，又像都市上空泛滥着的忧郁，让人忍不住生出一丝丝的伤感和心痛，更让那颗浮躁疲惫的心一点点地碎去，如同点点滴滴的泪。然而与朋友共坐的这个月亮最圆的晚上，我却体会到寂寞的另一种境界：放达、洒脱里生出的一种温馨的感动，让心情氤氲飞升，渐渐散去……

时隔几日，我又独自来到这儿，想再次寻找那种忧愁而甜美的感觉。然而，除了温柔的夜色和那份不曾改变的宁静外，却找不到月亮的影子，更没有了与朋友共坐的那份感动。在这没有月亮的晚上，面对摇曳的路灯和不语的河水，不由得想起了玉溪生的"此情可待成追忆，只是当时已惘然"的句子来。是啊，似水流年中，旧时月色，前尘梦影，在心灵的长期浸染下，一似飘逝的过眼云烟般挂满生命的枝头，就像天上的月亮，盈亏之间却已是人间千年了。

立 秋

一大早，便收到女友的信息：今天12点34分56秒是一个神奇的时刻，它显示为12∶34∶56 07/08/09（123456789），在我们的有生之年再也不会出现了，请把它珍藏吧。立秋快乐。读这样的文字，我不由得笑了。生活中，值得珍藏的时间、事物应该是很多的吧。人生中一路走来，可真正记下的又有多少？倒是时光如水的老话刻在了每个人的心头。是啊，昨天还是三月杏花天，柳丝地，今天却已经是立秋了。这样的时刻，不能不想起李益那首《立秋前一日览镜》的诗句：

  万事销身外，生涯在镜中。
  惟将两鬓雪，明日对秋风。

生活是辽阔的，生活是宁静的，生活又何尝不是流动的？而我们的诗人，当突然想起明天就要立秋时，对着古铜色的镜子，他看见了自己的两鬓花白如雪，惊吗？悲吗？似乎都有又都不曾有，更多于内心的，却是平静淡漠，甚至有那么点调侃自嘲。是啊，镜中的面容，毕竟只表现过去的经历，只要自己还活着，就足够了，身外一切往事都可以一笔勾销,无须多想,不必烦恼,就让它留在镜子里吧。然而,时光无情,立秋之后,秋风如剪,万物凋零。想来,自己的命运也是如此,不容超脱,无从选择,只有在此华发之年,怀着一颗被失望凉却的心,面对肃杀的秋风,接受凋零的明天。这份无望,使他变得异常冷静而清醒,虽未绝望,置一生辛酸于身外,有无限苦涩在言表。身世之慨和人生体验,跃然纸上。

青瓦的房檐,石阶上染着深深的苔痕,藏青色的布衣,忧郁的目光直视着前方,这时,恰好我从他的身边经过,他抬眼不经意地看我一眼,我的心就会揪紧,因为,我感觉到了诗人轻巧得如同一枚落叶般的眼神,有淡淡的愁和隐隐的痛。这又让我想起了唯美主义的沈从文在《烛虚·生命》中说过的一句话来:"我好像为什么事情很悲哀,我想起'生命'。"同时想起的,是唯美的理想与残酷的现实之间的矛盾,让沈从文内心时时涌出的那份挥之不去的忧伤。

忽然就慌了。

焦灼和绝望一下子袭来。

而这样的心境中,空气中突然而至的雨的味道让我恍惚,让我一头扎进去就挣不出来。而窗外缓慢的时光,如同一群被遗弃的事物,在轻轻飞扬着的雨丝中呈现出古怪的气味和形状。

不知什么时候,雨,恰到好处地飘了起来。

秋天开始了。

温情的美丽

两位少女正在认真地团着一个毛线团，温暖的阳光照在窗口，脚下的小花猫也专心地抓着线团……当看到这幅画的第一眼便是满心的欢喜，心里涌出说不出的暖意来。虽然，我不知道它出自何人之手，然而，这丝毫没有影响我对它的喜爱。

众多画家中，我最喜欢的应该是陈逸飞的作品，他的仕女画像中所表达的那种美好总让我长久地驻足和感叹：她们静默无言又意味深长的面部，她们的外表、体态、动作……最耐人寻味的是《浔阳遗韵》，正如冉再伟所解读的：

> 只在清晰的华丽里，在一丝一缕的折皱里，叹息着旧时红尘的无边颓意——颓，不是悲伤。所以，他用艳丽无比的服饰、精美洁净的面目，掩盖掉，或者叫忽略掉泪和愁，没有凄荒的影子。

她的解读，让我的心生出万千的赞同来，因此，在我心中，一直把陈逸飞作为最欣赏的画家，惜之，珍之，爱之。

"画家并不是在创造美，而是发现美，是把美的东西传达给观众。"陈逸飞说，"好的画家应该是一个真正的文化人，他的眼睛不能只局限于一块小小的画布。这也就是我在绘画之外，还要去拍电影、设计服装的缘故。选择什么样的形式表达美，在我看来并不重要，重要的是你想告诉人们什么。"看到这幅画的时候，我第一时间想起的竟然是陈逸飞的这些话。

艺术是需要解读的。陈逸飞说过："花开千万朵，但每个人开出的花都不一样。"是的，每一位画家，每一幅作品，所产生的艺术效果和震撼力量是不同的。优秀的艺术品本身是含着诗意的，只有诗人才能把画中的意蕴，化作诗行。也正因如此，同样是一种欣赏，同样是一种用清新明快的语言而不能一语道破的美好，却是与看陈逸飞的画作所拥有的感受迥然不同：简洁的画面，温馨的色彩，让我想起了诗，想起了母爱，想起了春天般的爱情，想到了宁静淡然，想起了人间烟火。同时，还想起了心动却又让人心疼的情爱之美，想起了悠然下南山的田园情怀，想起了岁月静好，散发着人世间的暖意。

有人说，爱能使人懂得忧伤与痛苦，同时也能使人摆脱忧伤与痛苦，令平凡的生活充满情趣与意义。然而，在看了这幅简洁的画之后，我的心里，同样生出了无限的宁静和无限的温情。

美的艺术，不但能使人体验到美，更能创造出美。正如我身上淡黄色的碎花旗袍，传递着早秋成熟而收获的喜悦，在我安静行走在绿肥红瘦的院中小径上时，似乎总听到呓语呢喃：活在当下，岁月静好。

第三辑 我是你掌心里的一痕线

花香沉醉的晚上

这是一个花香沉醉的晚上。

很久了,我总是克制着想与你坐下来聊聊的冲动。虽然,这样的冲动会让我坐立不安。就在今天上午,因为太想和你聊聊,我竟没出息地一个人流起了眼泪,这让我自己都在嘲笑自己的孩子气。可是,在花香沉醉的夜里,记忆便如同吸足了水分,变得柔软而舒展,像花园里那些植物宽阔而质感的叶脉,在月色里闪烁着一缕缕暗淡的光泽。有风吹过,一下一下蹭着我的脸,沉睡在心底的夜来香,突然间就绽放了起来,正如我固执地想与你聊聊的欲望。我想,这样温柔的夜,一定不只是为我一个人敞开的,应该是为了我这长久的愿望而准备的吧。在花香弥漫、静如止水的夜色里,是可以放纵自己的。那么,就让我卸去所有的掩饰,就算被你看穿,那又何妨呢?

一瓶酒,四个菜,你和我。

空气里有捻不断的浮尘和醉人的花香。

仔细想想,几十年来,这还是我们第一次静静地相对而坐呢。

最早的时候,是没有这样的条件。早年间你们家有多辛苦我不知道,只知道你总是忙,在离家几十里的地方,每天早上走,晚上回来，风雨雷雪，从没间断过。你是个顾家的男人呢。生活的重担压在你矮小的身上，但你从没抱怨过。四个孩子，足以压得你喘不过气来，可你依然对生活充满了热情。严格来说，你应该是四个孩子的启蒙老师。忙碌了一天，你招呼一家人坐下，拿了繁体的《水浒》《三国演义》《镜花缘》，一个章节一个章节地读了起来。那些岁月单薄的夜，是用你断断续续的读书声撑起的呢，正因为你的读书声，你在村里，在孩子心中是与众不同的。一个又一个夜里，你的孩子的梦都是飞翔的，多彩的……

即使三十年后，我又走进你曾居住过的那所院子，轰然推开那扇尘封已久的门时，那些一声不响在这里寂寞了太久的桌椅板凳以及曾经异常安静的尘土，在一瞬间就醒转了过来，一同醒来的，还有隐在岁月深处的，你夜读的声音。那些声音跳跃着，欢呼着，如同奔跑着的孩子，因为步子太急，互相碰撞着发出清脆悦耳的声音，你的笑脸总也跟在这些凌乱脚步的身后，丰富了这所空旷的院子，温热了我的眼睛。

这样的时候，我的心是疼痛的。这样的疼痛，在每一次想起你的时候，总是排山倒海般地袭来，就像现在。虽然，我满是疼痛，但还是半开玩笑地抱怨着你，抱怨你不该让过去的日子那么艰难，以至于让孩子们的心里塞满了忧伤。

这样说着的时候，你便沉默，流露出一种真正忧伤的神情来，让我后悔地捂起自己的嘴巴，低下头不敢再正视这份忧伤。

其实，我这样的抱怨是不负责任的；其实，你的孩子都是感激你的。在大地上，在风里雨里，你一个人顽强地坚守着，虽然常弥漫着苦涩，却让家那么温暖。

每到年底，你是最忙碌的。因为你有一手漂亮的毛笔字，家家户户的对联全都出自你的大笔。正因为你的这字迹、这对联，整个村子都像是一家人，拜年时，每到一家，心里就特别温暖，这种温暖,不仅仅暖了自家孩子的心,更暖了全村人的心呢;你的珠算也是出神入化的好,即使酒醉了,在半睡之间,你的双手翻飞,又好又快地报出的数字,比计算器还要准确快捷,那一声声的喝彩,骄傲了多少人!

许多人面对生活,都低下头去,而你总是对生活亮出你的理想,却从不提及你的忧伤。

贫瘠的乡村存放了你的才艺和青春,你的世界,除了广袤的土地、丰茂的果实、流畅的文笔、神奇的珠算、过人的书法外,还有你的理想。你把理想种植在岁月深处,你穿梭在岁月和生活之间,朴实、自然、本真的努力让自己的梦想成真——在那个年代、在那样的乡村,你的梦想让整个山村为你掌声雷动:你同时培育出了四位大学生!然而,别人只看到了你的梦想如此美丽,却没有人看到你心里汪着的忧伤。为了让孩子更接近你的理想,你送他们去百里外的地方读书;为了凑齐每学期的学费,你又是怎样地费尽周折?

可是,你从没有对孩子们说起过这些艰辛。你开心地送他们远行;开心地为他们操办一切:工作、结婚、生子……

时光总是无情的。

一切在时光中都会褪去颜色,就像一杯茶水在空气中失去了温度一样,特别是你走进了孩子们的生活,走进了城市的时候,你可以安静地躺在葡萄架下,看头顶上硕果累累的收获,任时间从容走过;你可以安心地练你的书法,一张又一张的宣纸上,写满了一个又一个满足的感慨。

时间太瘦,指缝太宽。其实,旧日的时光里,你早已超支了你的精神和体能,这种淡定的生活对你竟是如此的短暂,如春花,如三月的雪。于是,疼痛无处不在,你的周身没有一处地方是舒服的。那一个又一个疼痛着的夜晚,是怎样地折磨着你亲人的神经和内心。那些疼痛的呻吟,即使隔了一年的时光,还是那么尖锐地划过我的内心，使我对你的所有记忆如同时间的斑痕，呈现出鲜艳的色泽，让记忆可圈可点，而不是茫然的虚空。

隔了几十年的烟尘，我的胸前，仍然存留着你背部的温暖。十五岁之前，只要和你在一起，你从不让我走半步，你的背，承载了我所有的童年的温暖，隔了长长的几十年，你脊背的温暖仍然那么滚烫；你粗大的手，把我的头发梳理成小朋友们啧啧赞叹与艳羡的小辫子；即使我工作后很久，你仍然把省吃俭用的钱拿来由我花费。半老的人了，还不时很受用地听你这样说：即使不是大户人家的小姐，也是我们家公主呢。

是的，我是你家的公主，你呵，是我应该叫做父亲的人。

虽然在农村长到十几岁，但不熟悉的人，在我的身上很难找到乡村的气息，我想，父亲，你给予我这份脱俗、大气的同时，所经受的艰难，并不是用一两句话能表达尽的吧。

这也是我总是用恐惧的心情怀想你，克制着与你的对话的理由呢。可是，无论我怎样地克制，你总是无处不在，深重而辗转，在我的生命里挥之不去。

每看到一样好看的东西，听到一个好听的故事，闻到一种好闻的味道，吃到一份好饭菜，听到一个笑话或者看到一个年老的身影，我都会想起你，也总是向你絮絮地谈起。即使在工作的时候，与朋友相处的时候，或者行走在路上的时候，我都能感觉到你关注的目光……其实，你一直就在这里。你从消失中折回的气息，一直在我周围流动和漫溢。一张相片，一块石碑，还有身上流淌着你血脉的那些人，有着相同的口音，相同的神情，甚至相同的秉性。这些，如同一把循环往复的梭子，把生与死的两端编织成一个整体。

其实，我曾对你一次次说过这样一幅影像：一个叼着烟嘴的人，他苍老的胡须是上苍的馈赠，他安详的神情是我的安慰。这样的影像于我是干净，是舒适，是温暖如棉布，抵达内心的安宁。这个人应该是你，可你，却躺在了那个向阳的山坡。四周都是山，没有人烟，除了风吹树之外只有阳光洒下的影子。你的这份孤独让我疼痛，可你一个人在这里一呆就是一年，这份孤独，你从来没有说起来。就像此时，你端酒的指间，溢着无法言说的寂寞，像窗外一颗又一颗匆忙划过的流星。

夜已经深了，父亲，今晚的酒会不会让你醉？你看，这是你给我写的信，在这样阒无人声的夜的海里，灯光照着打开的文字，缱绻而忧伤，散落一地，如同我心里深藏着的疼痛。字早已泛黄，是因为岁月的力量；字迹早已模糊，是我多次翻看的缘故。其实，一年里，我不止一次地抄写这些信件，虽然这些信并不长，但每一次抄写都让我费时太久，因为那些旧日的时光总是一次次呼啸着走过，一次次地占据着我的时间，我的思绪，打翻我所有的坚强……我珍藏着，翻阅着，抄写着，不是为了抚平一段往事，也不是为了收藏一段苦难而幸福的时光，我只是在借助想象和记忆，一次次地复原你，一次次地碰触你，因碰触而产生的疼痛会让我多了一个又一个幸福和快乐的理由。

世界多么宽广，但属于我们的人生多么微小又多么匆忙。

父亲，六月里有太多的理由让我与你对酌：你周年的日子，父亲节，还有一个又一个因想念而疼痛的夜晚。

那么，父亲，就让我们干了这杯酒，记住这个花香沉醉的夜晚。

你是上帝遗落在人间的天使

　　此时，夜已经很深了，仍然能听到你的房间里传来敲击电脑的声音，我知道，你正在为毕业而努力拼搏着。而此刻，我亲爱的女儿，我仍然沉浸在朋友家时的感受和回来路上的感动之中。

　　甜蜜的一家人，洁净大气的家居。尤其是她的女儿，尽情地享受着父母给予的爱，娇憨的神情里，一副不知人间愁苦、不食人间烟火的样子，那纤细十指一定是不曾沾过阳春白水的。

　　其实，这样的神情，这样的模样，这样的心境，你也应该是拥有的。

　　走在月光的路上，我用力握了一下你的手，轻叹："对不起，你也应该生活在这样的环境中。你们一起出生，一起长大，上同一所幼儿园、上同一个小学，吃一个锅里的饭，穿相同的衣服……然而，今天的你们，生活却相去太远，将来，更是不可同日而语。每当想起你所受的苦，想起渺远的将来，妈妈的心里就是深深的痛呢。"

　　你轻轻地拥了我的肩，甜甜地说："好妈妈，别这样想。她有她的幸福，我有我的快乐。我的快乐是每天看到妈妈开心、健康。我的快乐是每天挽起长发，炒、烧、扫、洒，让累了一天的妈妈回家吃上热腾腾的饭菜，感觉到家的温暖和甜美。看妈妈甜美的笑，是天下最美好的事情。何况，我也拥有了丰富的生活经验，知道怎样把有限的钱精打细算出一个个丰富的日子，知道怎么买菜，如何购物，怎样处理人情交往，知道苦了累了痛了，如何面对，如何疗伤……这些是我这个年龄的孩子所不曾拥有的。这样的人生，这样的经历，我要感谢妈妈感谢生活才对。所以，妈妈，我是天下最幸福的孩子——因为我有一个如此了不起的妈妈，我拥有如些丰厚的生活财富。"淡淡的月光下，你幸福的样子如此的圣洁。

似乎是一转眼，我亲爱的女儿，你长大了。而我却忘了，这一转眼就是14年。

14年前，你刚过完5岁生日，和所有小女孩一样，天真、淘气、任性，可爱。然而，在夏日那个美丽如烟的日子里，早上送你上学的爸爸却倒在了工作岗位上，一句话也没有留下便永远地走了。你小小的心灵第一次感受到了死亡的残酷。面对生活惨烈的拥抱，我不知道5岁的你心里装满了什么。只是，你不再撒娇，不再淘气，你在很短的时间里便长大了，大到从此后，竟一直伸出手来保护着妈妈，保护着年迈的姥姥。那时，我只顾自己悲伤，却忽略了年幼的你，你心里一定装满孤独、悲伤、害怕吧——你怕一眨眼，你的妈妈也像爸爸一样人间蒸发！于是，小小的你固执地守在妈妈的身边，即使妈妈睡了，你也要不时地将妈妈摇醒，之后才能安心地长出一口气。为了节省开支，你放弃了上高中，选择了本市的一家三加二的中专学校，我知道，你的理想是做一名优秀的作家，而你也拥有这样的天赋；你最大的渴望是着一袭旗袍，在如水的夜色中弹着优美的古筝。为此，你利用业余做十字绣的钱，买了最便宜的古筝来，舍不得上培训班，借了琴谱，一个音节、一个音节地自学，倒也弹得韵味悠长；为了节省开支，你坚持走读，每天上学时带上一个空空的手提袋，放学回来路上，再买回所需的日用百货、米面粮油，然后，气都来不及喘一下的开始做饭，洗衣，整理家务……

小小的你会做各种饭菜；为了节省开支，你总是穿亲戚家姐姐的衣服，并总是安慰我这样的衣服穿起来贴身，透气。你宽容大气，总能为所有的事情找出合理的借口，哪怕是一次又一次伤害了你或我们的人，你总能做到心境柔和，没有一丝怨气，并找出这样那样足以原谅的理由。你懂得尊重，对于周围的每一个人，始终怀着一种情意，仿佛天下所有的人皆是一家，不分彼此。不论身世、遭遇、职业和人品性格，但凡是与我们有过交往的，在你，都多了一份怜爱。你也和其他小女孩一样，爱美食，喜睡觉，更喜欢生活中所有的事物，对于平凡简单的生活，总能挖掘出令人耳目一新的另一面来。你那么喜欢亦舒的话："玫瑰即使换一个名字，也依然芬芳。"在你，每一天的生活，都是一朵玫瑰，或盛开，或凝露，都是芬芳动人的，美不胜收的。

生活是残酷而真实的，对于如天使般纯净美好爱做梦的你，总是一次又一次地当头棒喝：幼小失父，之后奶奶、爷爷相继去世，妈妈体弱多病……去年，你竟得了重病。整整的一年时间里，你坚持在家自学，坚持喝苦不堪言的中药，坚持针灸，长长的针扎满全身，再挤出血来……从小，你就怕打针，每一针下去，我清楚地看到你的全身都在抖。而你怕我心疼，总是一个人独自来去……亲爱的女儿，写到这里，我的泪总是忍不住地流，而你，我的女儿，因为这些苦难，让年幼的你，从小便放下梦想，投身到发愤自强的生活之旅中，做永不言败，自尊、自爱、自立、纯真的生活强者。

在这 14 年，一路走来，那些崎岖的小路上，时有岔路相逢，时有荆棘丛生，总是让我一次又一次地蓦然一惊，心里的疼痛、忧伤如夏天的暴雨，肆意地流淌，哀愁沉沉地蜿蜒不息。而你，如春风一样，温婉地、清丽地照彻着我生活的天空，给我温暖、关爱和贴心，让我日日黄昏的心境，生发出许多的感慨来。其实，很多的时候，看到小小的你走在岁月风景单调、荒寞的小路上，肆虐的风吹拂着你瘦小寂寥的身影……

你总是一个人承受着委屈、失望、惊吓、痛苦或者是绵长的忧伤！你把这些都藏在心灵的最低处，只把快乐、从容、懂事呈现在我们的面前，这需要多大的坚忍和耐力啊。然而，你做到了，而且做得那么好，好到周围的人忽视了你还是一个小小的孩子，忽视了你应该存在着的那些看得见和看不见的伤痛或者忧伤。即使是今天，我们看到的是你明亮的眼睛，快乐的身心，清秀的面孔，然而，你的心里，一定有着太多太多的遗憾，太多太多的无奈或者悲伤吧？在这样的日子里，你一定渴望一双有力的手，一个温暖的怀抱，一个亲切的爱抚。然而，这一切，是我怎样努力都不能够给你的！一想到这些，我的心里就流满了悲伤，那些悲伤，如同载不动的水波，奔腾着，然后回转着，打成一个又一个心结。那些心结，如同岁月河底里的水草，茂盛地生长着，令我的心，充满了疼痛！

世界多么大，但属于我们自己的人生却那么小，许多人面对生活，都低下了头。我总是怀着恐惧之心，看着岁月远去，担心着你承受不起生活的压力，然而，我惊喜地发现，苦难的生活没有剥蚀你的纯美，你的快乐，你不易破碎的意志。你刚毅而含蓄，直率而甜美，温和而高贵，独立而亲切。你懂得珍惜，知道体谅，学会感恩，跟你在一起，总有一种微微的甜和醇醇的香，如同化不开的桂花。你宛若一个圣洁的天使，微笑着，摇曳着，装饰了我的梦，繁华了我的足音。亲爱的女儿，是你让平淡的生活开放出花朵。朴素的日子里，总是有花开的轻语，亲情的诗句。即使岁月里那些掩不住的浅伤，都化作了清音声声，芭蕉夜雨。

时光的河不会倒流，19岁，人生多么美好的年华，生活已经给了你太多的苦难，让你的童年充满了灰色，是的，是灰色的，你的身体或者心灵里，一定有着太多隐秘的创伤。亲爱的女儿，我希望你的20岁优雅、开心、快乐，拥有一个卓然独世的灵魂，如春天的四月，头上开满桐子花，在枝头，在微煦的春风里，你如天使般袅袅行走在人生的四季，随风飘动的长裙上缀满一朵一朵芬芳的花，花心里染着的全是祝福、快乐和美满，安静的人世间，湿润的四月天，因为你一路走来而多了一份清亮的美丽和入心的甜美。

近些日子里，亲爱的女儿，我亲眼看到你的努力、你的成熟，19岁的心，青鸟一定在殷殷地探看，绵绵的心依稀地有些盼望，那个在梦中千百次出现的熟悉的面影会不会就从这幽秘的小路迎面走来？相处5年的同学将天涯之别，那些浓得化不开的情谊，足以让你的心痛惜，而生活的未知，将来的一切，都会让你一颗小小的心为之而忧伤，然而，我的宝，你却从不对我提起这些，只把一双婴儿般善良的清澈的眼睛看向我，在每一次注视着你的时候，我的宝，我的心是怎样的痛惜？怎样的欣慰？怎样的不甘？

亲爱的女儿，人是生活在世俗和人群里的，每个人的一举一动都会影响别人，在日常交往中，每个人都喜欢彬彬有礼的谦谦君子。因为每个人都希望被人重视，这是一个人的基本社会需求。

生活中，我多么欣赏优雅的女人。优雅的举止反映出一个人的兴趣、爱好、情感、品味。正如爱默生所说的："优美的身姿胜过美丽的容貌，而优雅的举止又胜过优美的身姿。优雅的举止是最好的艺术，它比任何绘画和雕塑作品更让人心旷神怡。所以，要做一个有教养的人，当礼仪成了一种习惯，"一切圆熟自然，正同技艺高超的音乐家一样，指端所触，无不成调，不必用心也不必思索"（洛克），真所谓浑然天成的感觉了。真正的优雅来自于善良，这正是你所具备的。如果希望别人尊重，那就要首先尊重别人，虚心听取他人的看法。做生活的有心人吧，其实，你一直在努力，妈妈也一直坚信你会做得很好，但我更希望你在生活的每一个细节上多一些思考和总结，从小事做起，用完美来要求自己，但绝不是委屈自己！

林青霞说过：华服珠宝，不如有一颗自在的心。所以，快乐其实很简单。做一个有趣的人,做一个骄傲的人。特别是当你20岁的时候,可以肆意地笑,可以倔强地哭。不要怕输,在岁月中,一切的付出都是值得的。因为,只有经历过,奋斗过,才能变成一个完整的人,才会拥有更丰富的人生经历。

亲爱的女儿,你奋斗了,上天就不会抛弃你。岁月很长,而你又是如此美好。亲爱的女儿,快乐地生活,坚强地面对,好吗?我期待着我的女儿每一天都充满了幸福,即使有这样那样的遗憾,但我仍然坚信,我的女儿会用快乐的微笑去面对,对吗?

至于爱情,和未知的将来,亲爱的女儿,我相信,一切都是美好的。正如张爱玲所说的:在岁月的长河中,没有早一步,也没有晚一步,刚刚遇到了,说一声,你也在这里?牵了手,一直走,而不是刻意地寻求,那不是我的女儿。

我们生活在这个世界上,需要温暖别人,也需要别人的温暖,只有想到的心都有温度,这个世界和整个人生才不会因绝望而失去意义。那么,就用一颗感恩的心,活在当下……

得意淡然,失意坦然。不忧伤,不卑不亢,笑容清朗,言语随和,没有被环境打上一点烙印。把挫折当作成长的过程,当作人生的财富,于艰难的生活中稳重明丽,温和大气。在尘世中,开出美丽芳香的花来。

亲爱的女儿,我一直想说的是,你是如此的美好,如此的可爱,如此的善良,我天使般的女儿,妈妈除了满含爱意地注视着你,祝福着你,妈妈还期待着你永远快乐如朝霞。妈妈也一直坚信,我天使般的女儿,你一定会拥有一个长长的美好的幸福人生!

爱我，请远离我

有些东西，你可以日日夜夜与之相对，比如美妙的文字，比如陈逸飞的油画。文字可以空寂恬淡，也可以暗香浮动；油画可以撼人心魄，也可以如诗如歌，像浮在水面的泡沫，可以忘我。至于相爱的人，日日夜夜的缠绵，反倒会生出许多的烦恼或重负来。

就如同许多青梅竹马的爱情一样，他与她最终成了一对令人羡慕的神仙眷侣：她貌美如花，他能干洒脱。分居两地时，电话日日传情，鸿雁周周达意。偶尔的团聚更是花前月下，恩爱如海。当他终于功成名就拥有了自己的公司之后，她理所当然地成为经理助理，结束了牛郎织女的生活，过上了举案齐眉的生活。是呵，在终于苦尽甜来之后，在他们，没有理由不朝夕相伴，没有理由不出双入对。于是，一个就是另一个的影子，一个就是另一个的世界或者天空，即使身体不舒服的时候，她也会坚持着上班，挣扎着陪伴左右。看她辛苦，他怜香惜玉地让她做个全职的太太，家务是由钟点工做的，那么做做美容，学学茶艺，再或者跟女友逛逛街、打打牌也是好的。然而，她却舍不得老公独自打拼天下。"女人爱一个人就是一项事业，要全身心地投入，特别是面对含金量高的老公时，更需要全力以赴。"她是这样说的，更是这样做的：早上上班半小时，她会准时送上一只水果、一杯香茶；再过半小时，她会适时地送上几块点心，一杯咖啡；快近中午的时候，她会早早守在门旁帮他料理午餐；下午上班半小时，可口的下午茶便会端上来……短信如春天的繁花，内线电话也会及时表达她如海的爱情。

终于有一天，他静静地对她说：亲爱的，我也爱你，但能不能请你离我远一点，因为……你让我无法呼吸！那一刻，她睁大了不相信的眼睛。她陶醉在这种不图回报的付出中，满足于对他的无微不至里，她幸福在属于他更属于她的这份世界上最美好、最圆满的爱情里！投向她的一双双羡慕、向往的眼睛，早已满足了一个女人最基本的的虚荣心。然而……于是，她怀着悲壮的心情、牵肠挂肚地放下了她的爱情，放下了她的他，走到了一个离他有一丈之距的地方，尝试着开始了另一种生活。

爱情很老，孤独很深。

何人梦里无落花。

她读书，日日夜夜地读。窗外，一抹斜阳。窗前，一盆兰草。窗内，一位读书的女人。她读"落花人独立，微雨燕双飞"，她读《老人与海》、她读《拍案惊奇》、她读《市场理论与哲学的关系》，她读可以读到的所有的书籍……竟读出了一份优雅端庄，读出了一份睿智豁达，读懂了一个"不是你不爱我，是我不够好"的道理。

她迷画，如醉如痴地迷。《西厢待月》《玉堂春暖》《浔阳遗韵》……陈逸飞油画的复制品林林总总地挂满了房间。有时，她会长久地停留在《长笛手》的画前，听长笛缓缓响起的哀婉动人的旋律，听旋律里哭泣着的悲伤；感受那份朦胧的欲望里，倾诉出的爱的执着与疼痛。于是，她更喜欢在静谧的夜里倾听长笛的曲子，并固执地认为，演奏长笛的人一定是一位如花般美丽的女子。

终有一天，当老公用一种深情的眼睛注视着她的时候，她才想起，走出他的生活有一丈的距离已经很久了。

于是,她明白,只有一个人才可以让一个人悲伤,只有一个人才可以让一个人快乐。爱情,是薄冰上的行走,泡沫上的舞步,但有时,爱情也是美好的,只需要一丈的距离便会找到那个本真的我。

春来,你却不在

最是人间四月天里,没有比这的春天更春天的了。

潺潺的一河碧水,如一条舞得正好的水袖绕墙而过,一座汉白玉的石拱桥静静地立在瘦瘦的河上,清清的河水中,几尾红色的金鱼游来游去;桥的两侧,沿河岸挺拔的松树青翠欲滴;一丛丛金黄色的迎春花开放在修剪整齐的冬青里;环河遍植的垂柳,柔长枝条上新生的柳叶嫩绿鹅黄,一派清新少女的模样;粉嫩粉嫩的柳叶梅自由自在开得正好,一串串花瓣在明媚的阳光下颤动,风来,有几片打着旋儿飘落。一树的繁花,一色的艳红,一色的淡粉,一色的翠黄,一色的青绿,红、黄、绿的色彩一应俱全;高矮错落恰到好处,似立体的画,如层次分明的诗,暖暖的。走在幽静的小径上,春的气息便会扑面而来,带着苍茫的绿和清凉,如蝶般轻盈的气息,百转千回,饱满生动,宋词一样,款款而至,心便微醉在这暖暖的四月天里。

桃之夭夭,灼灼其华。

其实,这个季节开得最多的,应该是桃花。早在两千五百年前,桃花便灿若云霞地盛开在《诗经》里。桃花，似乎是风情的代名词，回首望过去，几千年来，桃花总是令人沉溺地繁丽着，如少妇饱满的情欲，充满着压抑的热情，近似迷惘，带着妖娆和不甘，不依不饶地在四月天里张扬着美丽和诱惑。就那样心猿意马地入诗，入画，就那样怦怦心跳着入梦、入心……然而，我的眼前，除了柳叶梅，却没有一枝桃花。

  遥知不是雪，为有暗雪来。

  在我，总以为梅花应该是开在冬日的雪地里。薄薄的花蕾，小心翼翼，郁郁寡欢地开着，清瘦的花朵上挂了厚厚的瑞雪，就如娇小的女子，伴着筝声，伴着箫声，寂寂地、款款地披了猩红的披风，扶了一枝开得料峭清奇的梅，怎么看都是一幅画。而眼前的柳叶梅，怎么说呢，却开在暖暖的四月里，没有樱花的娇，没有桃花的妖，却有着桃花绵软的香，有着樱花繁盛的绝决：轻艳艳的，却又是忧伤的，如一个寂寞女子对爱的执着——明知是万劫不复，却还是捧出一颗滚烫的心，把灵与肉，爱与哀愁全献给对方——开得铺天盖地，开得近于张狂，开得认真纯粹，开得丰润饱满，开得盛大彻底，开得清绝低眉……唯恐不惊心，唯恐不奢侈，唯恐不张狂，唯恐不彻底：花朵连着花朵，花蕊压着花蕊，层层叠叠，挨挨挤挤，连一片叶子都来不及生长，除了花，仍然是花。那份忘我，那份舍身，让人不得不为之感动。

  呵，这美丽的花事，这美丽的春天。
  春天就这样热热闹闹地来了，挡都挡不住。
  而你，却不在——这样浓烈的春天里，却不再有你的身影！
  这寂寥的、沉重的春天！

于是，想起那个短信来："你去，我来，岁月已成空。""人间至味，一碗安乐茶饭。"又想起了一句话来："我爱你。永远。时间没有什么了不起。"还想起了张国荣的一句话来："我就是我，是颜色不一样的烟火……"这样想着，抬眼看一看拥在怀里如画的春天，感觉双颊突然湿润着，丰盈着，正如你慈祥的微笑，在暖暖的四月天里……

爱玉成痴

有人说，女人不迷东西，她要迷人。生活中，却也有爱物成痴的女人。

初遇玉是在《红楼梦》里，贾宝玉的"通灵宝玉"，演绎了一幕幕动人的人间兴亡剧，而冷艳孤傲的黛玉周身的那份虚幻到令人心疼的美，更是让我着迷不已。

喜欢古籍的我，更是随处可见玉的芳踪：皇帝之玺、皇室之珍、连城之璧都离不开玉。七千年的玉文化，经过无数能工巧匠的精雕细琢，经过历代统治者和鉴赏家的把玩和赏析，经过礼学家的诠释和美化，成为一种具有超自然力的物品，成为人生不可缺少的精神寄托。当我真正看到玉时，最初是一种惊奇：坚韧的质地，圆润而绚丽的色彩，致密而透明的质地，舒扬而致远的声音……这些冰凉坚硬的石，经过工匠们的手细细雕刻，再用了九曲十八弯的心思，竟能变得如此柔情似水，光华耀眼。于是，和许多喜欢玉的人一样，慢慢地竟爱玉成痴到不能自拔。

明珠有泪，暖玉生烟。

第一次在珠宝店里看到这副对联时，眼睛一下子就湿了。很像突然瞥到自己被灯光投到墙上的影子，百感交集。冥冥中认定自己的前世一定是块玉，转世为人后，便是千百度地寻找，寻找生命里那一件件温润清凉的物件。若听说哪里有玉器店必定三番五次地跑了去看；遇到自己喜欢的，便急急地买下，反复地抚摸，体会、把玩，心里总有些温暖的安慰，平淡无奇的生活因玉而色彩斑斓；更多的时候，是喜欢而买不起的，遗憾便把心塞得满满的，牵挂也是心急火燎般从心里一缕缕朝外冒，更急急地一次次跑去看，若那宝贝还在，心里便多一份释然；如若不见，心便悬了起来：不知是被何人买下？自用还是送人？会不会落入粗人之手？便会郁郁上好一阵子，久了，更会在心头凝结成了不能言说的伤。

年轻时，很是迷恋三毛，先是喜欢她的文字，但更多的是喜欢她的可爱。尤其读过她的《我的宝贝》后，从心底里升出了一份亲爱来，想象着这个可爱的人儿，在天地澄净，清辉四溢的晚上，伴着皎洁的明月，民乐清幽，茶香袅袅，哗啦一声，把那些石头、项链、骆驼骨之类的宝贝都倒出来，铺满四周，却赤脚坐在中央。那将会是怎样的一种富足和美好。窗外有花寂寂而落，那又有什么关系？她有她的宝贝相伴。她的宝贝里，原是藏了美好，藏了爱的。有了它们，女人再平凡的人生，也会变得丰富而厚重的。

总是喜欢古代赠玉表情的佳话，因此，当我生下女儿的那一天，便辗转买来一块精巧可爱的碧玉手镯，用白缎包了藏于箱底。一是希望女儿能出落成玉洁冰清般"小家碧玉"的玉人，更梦想等二十几年后，女儿嫁为人妻那天取出，打开白缎，将玉镯套于小女白藕般的手腕上，从此也把幸福套定女儿一生，更让绵绵母爱日夜相随。

虽然爱玉成痴，但对于大型的玉雕我总是避之甚远。想那大大的一块玉石，雕些飞龙走兽、山水人物，怎么看都让人生出一份粗鲁和庸俗的感觉来。其实，玉是最适合做成镯子的，合适的人戴了，是低调的殷实,亲切的雅致,千种万般的古典;做成玉米、葫芦、动物之类的挂件,用红红的丝带穿了戴在颈间,怎么都有一份亲切在里面。

后来,便遇到了那个喜欢玉的人。

高高大大的身影,干净明朗的笑,衣袖领口飘出阳光的香味,当我的目光落在他颈间红红的丝带时,心突然忽悠一下,心疼的感觉便漫上了全身。人,便迫不及待地嫁了。

日子就像玉,温润而不乏光彩。朴素的日子里,浸在随时都会有的欣喜里。而那一块块大大小小的各式美玉,又如同生命一般来来回回走过一个又一个轮回,从起点走到终点,然后,再回到原处,一个不经意便会让过往的一切随着那一点点亮色而在眼前乍现。

《东邪西毒》里说:我曾经听人说过,当你不能够再拥有的时候,你唯一可以做的就是令自己不要忘记。

太阳落下去,夜色很快升了上来,车流穿行,满街灯火。置身于热闹里,"君子无故玉不去身",那个戴玉爱玉之人早已远去,与之相随的,是我们互换的颈间的挂件,时隔多年,温润体贴依然,更有一种"蓝田日暖玉生烟"的感动。

很多的时候,金色炫目的斜阳,透过百叶窗,照在我为女儿藏起的那一枚手镯上。15年漫漫岁月里,无数次地赏玩,抚摸着,它更加精细、精美,既浪漫,又不沾一丁点儿烟火气,说不出的典雅、高贵、浪漫和浸润。仿佛还带着一份矜持,在这张临窗的、柠檬色的咖啡桌上,使我伤感,令我幻想,更成就出千万种心情来。

冬日的怀念

有人说,当一个人经常回想从前的时候,便是衰老的开始。近来,我竟总是常常回想起从前,就像此时我突然回想起曾经的一个朋友一样。

她的文字,有着珠玉般的美丽,每一次展读,总是让人心里产生美好的感觉,生发出很多温暖和感动来。她一直在写自己的感受,自己的感情,自己卑微的生活。就像此时,我读她的文字,心里生出一份苍凉来:"2006年春天,我39岁时,重病住进了医院。从此咫尺即天涯,一道深不可测的沟壑,横亘在生命里。越过去,是柳暗花明,峰回路转;越不过去,一切都归于沉寂。"

"柳絮飞起又落下,槐花开了又谢了,夕阳一次次在窗玻璃上默然驻足,凝望病中我苍白的脸庞。此刻,连那么简朴和贫寒的生活,也离我那么遥远。"

是的,39岁,应该是年轻的,年轻的她竟然只度过了39个春秋就走了,她的一生充满了窘迫和苦难,然而,那一双迎接苦难的手,却一直不曾停止过写作。

她说:"想到写过的文字,我想起那些流浪的诗歌。是的,我写过多年的诗歌,那些或稚气或苍凉的诗行,散乱地遗落在岁月的荒草小路上，让我在蓦然回首时，迟疑地不敢前去相认。世界，我是爱你的。爱你的时候，我只能通过诗歌抚摸你，一个字一个字地慢慢靠近你。这么多年，写诗用去了我许多的岁月，这让我感到甜蜜而幸福。我是一个卑微的女子，什么也没有，但我一直试图用芭蕾的足尖在文字上舞蹈，用那些纯洁善良的方块字构筑着童话里的宫殿，用朴素细腻的笔触描绘出尘世中的万般真情。"

"躺在病床上，我想了很多。步入不惑之年，走过很远很远的路后，再回首，纷扰的往事如潮退去，岁月的沙滩上，只留下一层亮晶晶的珠贝——那是从记忆的深海里冲上来的，是我这一路遇到的一个个人的背影。赤足走在细软的沙上，俯身拣拾一个个微小的片段，在我，是最温暖的事。我总是能从这样的回望里，获得足够多直面现实的力量。总能从渐去渐远的步履里，寻觅到一种深深的感动，在一遍遍悠长的回味中，独自微笑，或不由自主地落下泪来。"

"世间熙来攘往，从韶华青青到白发苍苍，这一路要遇到多少人啊，有多少人值得我终生去铭记，去感恩，去以柔软的心情，细细地牵念与祝福，我数不清。那些雨中伸来的手，雪中送来的炭；那些山中开出的路，水上架起的桥；那些悲悯的泪，真诚的话，关切的眼神，无一不深深地烙印在我的记忆里，成为我心中永开不败的花朵。"

"我只有一滴水，怎么回报这海一样辽阔的恩情？我只有一片叶，怎么回报这整片森林的绿色？2006年的夏天，我走在城市的街头，穿着厚厚的外套，眼里含着深情的泪水。亲爱的朋友，多年以后，你会不会淡忘我？甚至想不起我的名字？那么看一眼我的诗歌吧，我的诗歌里有你，有我青枝绿叶摇曳着的想你的心。其实我一直在岁月里，你看不见我，是因为我们隔得很远很远。其实我一直在泪水里，你感觉不到我，是因为思念已将我深深淹没。如果岁月把我们悄悄地偷走，你会不会记得年轻时说过的话？那些欢笑，那些泪水,那些细细的叮嘱,那些甜蜜的温柔的怀想。是的,风雨如磐的人生路,我们曾经深深地牵挂着,惦记着,依恋着,也互相温暖着。即使远隔天涯,一样肝胆相照;即使离别经年,一样魂牵梦萦。"

"亲爱的朋友,亲爱的读者,在无数次心灵的相逢里,我眼含热泪,轻轻地告诉你,记住,我爱你。记住,你的世界我曾来过。那一地月光,那一树花影,那春去秋回的脚步声,是我刻在你世界上的痕迹……多年以后,让我们依然彼此记取,好么?"

时光匆匆而逝,我不知道此刻还会有多少人记起她,记起那灵动优美的文字,记起那苦难的灵魂;然而,我却真切地知道,此刻,在冬日的傍晚,我是那么怀念她,怀念她曾经美丽哀愁着的心,怀念她那些欲说还休的心事,怀念她那因为早逝而牵念着的心……

理想好男人

喜欢在傍晚来临的时候，到街对面的茶馆，泡一杯清茶，看着窗外渐渐五彩的夜，叹一口气，静静地怀想一个男人。

这是一个男色时代，满世界都是男人们活色生香般妩媚的笑，但，除了养眼的容貌外，我更喜欢深邃而忧郁的眼睛。

"谁翻乐府凄凉曲，风也萧萧。雨也萧萧，瘦尽灯花又一宵。"能说出这样话的男人，一定是清癯潇洒、英挺分明的吧？

"梦好难留，诗残莫续"，纯任性灵，纤尘不染的自然韵味，每一次读来都会令我怦然；"青衫湿遍""愁似湘江日夜潮"清新隽秀，又怎一个忧伤了得？自此后，我便牢牢地记住了一个男人的名字并探寻与这个人相关的一切。

"一往情深深几许，深山夕照深秋雨。"我略懂音律，对诗词的喜爱便只停留在"会意"上，因此，当读过这样的句子后，从此便倾心于说这话的那个男子："霸业等闲休，越马横刀总白头。莫把韶华轻换了，封侯，多少英雄只废丘。"一路读下来，总觉得这样的男人是值得拿命相许的。

说殊世难得，不是因为你是相国公子，天生富贵；不是爱你丰神俊逸，浊世翩翩佳公子；甚至，不是因为你天资聪慧，学富五车;不是因为你的词写得好;不是因为读你的词时产生出的那种荡气回肠、与众不同的感觉;不是因为如王国维所说的"北宋以来,一人而已""千古伤心人",将伤心一咏三叹,悲切绵延不绝的能力;更不是因为你那"家家争唱饮水词,纳兰心事几曾知"般高贵清洁的诗魂。我看重的,是你为世所稀的深情,也许,无数的女人如我般,爱极了的,是你绕指柔肠的似海深情吧。

  以你的身份地位,所爱女子,并不难得,但被誉为"第一等有情人"的你,多情而不滥情:当别人流连于秦楼楚馆的时候,你却在自家庭院里与结发妻"赌书消得泼茶香";当相守三年的她逝去后,你咀嚼着爱情的缠绵断肠:"一般心事,两样愁情,犹记碧桃影里誓三生""回廊一寸相思地,落月成孤倚。背灯和月就花阴,已是十年踪迹十年心。自此后,"醒也无聊,醉也无聊","泪咽却无声,只向从前悔薄情。凭仗丹青重省识,盈盈,一片伤心画不成。别语忒分明,午夜鹣鹣梦早醒。卿自早醒侬自梦,更更,泣尽风檐夜雨铃"。即使在她死后的十一年,生活于衣香鬓影中的相府贵公子,与你日夜缠绵的,不是继室,不是侧室,甚至也不是那个红颜知己、后来怀了你遗腹子的江南女子,只有她,仍然是你一生最爱的女人。"梦好难留,诗残莫续,赢得更深哭一场。"这一句,翻出前人新意,用词浅淡,却将深情写到极致。梦醒后,想起她,心底充满不可言说的惆怅。又在深夜痛哭一场,日日如此伤筋动骨,怎么能不早殇?于是康熙二十四年暮春,仅仅31岁的你,抱病与好友一聚,一醉,一咏三叹,然后便一病不起,七日后溘然而逝。

  以善良忠诚之心对待所爱,对待朋友。"一片伤心画不成",如此深情仍自悔薄情,旷世奇才的你呵,要置天下男人于何地?

  你的生活是闲适的,事业是一帆风顺的:父亲是权倾一时的权相明珠,母亲是爱新觉罗家的娇女。从二甲进士到一等侍卫,康熙对你的恩宠始终如一。但你却发出了"别有根芽,不是人间富贵花"

的感叹。比起随侍天子巡幸南北的"荣耀",你更情愿和落魄文人把酒吟诗。朋友在悼词中说你:"其于道义也甚真,特以风雅为性命,朋友为肺腑。"这样重情守义的男人,又怎能不可相托一生?

凄婉的情结,浑然天成的华贵,一种不食人间烟火的高贵气质,即使在理想穿了马甲的年代里,你也是我千年一遇的理想男人呵。何况,骨子里的一种冷峻,是男人藏而不露的力量,是历经风霜之后的淡漠;何况,沉甸甸的艺术气质,文武双全的才干,即使透过300年的风尘,依然可见你那俊逸的眼,明朗的额,睿智的心……

这便是你呵,300年前的纳兰性德:一个生于官宦,却有着疾苦之心的男人;一个虽锦衣玉食,却忧郁到骨子里的男人;一个弱水三千,却对眼前这一瓢深情万种的男人;一位清清爽爽的少年公子,《红楼梦》中贾宝玉的化身……你的家世、你的地位、你的才情、你的品德、你的风度,无一不是我心目中的理想好男人。这样的好男人是只能用心去怀想的:怀想你,面对飘落双肩的雪花,吟唱着"别有根芽,不是人间富贵花",赞叹着雪花自清冷漫出不可言说的好处;你绝色的表妹,站在阳光里,黑发如丝缎,对着你微笑,当她走进宫后,少年时的绚美如蝶的梦,也便翩然而落,少年深爱,绝是凄绝;怀想你,在小庭深院对着寂寞的秋月回忆过去,或是在塞外的千帐灯火中描摹远方的容颜;又或是冬日的深夜,在红烛影里握了爱人的一方素手共写诗句;更或是,抱膝独坐在她的坟头,把相思写进土里。但总是会归结到一个深秋的黄昏,萧瑟的西风吹起你宽大斗篷的一角,在夕阳收起最后一分霞光后,这孤寂的一人一马,就这么慢慢地走进那浓缩的蓝色的《纳兰词笺注》里……

今年花正开

这是我见过的最简单的一幅画。

清淡的几笔素描,简单,甚至有些生硬,几枝梅花就那么简陋地开在盆子里,地上是三枚果子,只有一枚是熟了的,其他两枚,就那么生涩地躺在地上,用无辜的眼神望着我。边上是写成扇形的一行小字,起初我并没有留意,仔细再看,是这样一句话:去年君来花未开,今年花开君未来。一时间,我竟被怔在那里,一动都不能动。

欢天喜地地把它买回家。

家里的布置原本是素雅的,配了一款大花的窗帘。大朵的花,开得奇异的美丽,张扬着自己的美,美得妖、美得艳,美得杀气腾腾。此时,我把这幅小画就挂在了窗的对面,凭空里,空气中出除了繁华,壮丽,艳丽之外,褪去了几分妖气,平添了一份凄美,落寞,似乎还多了莫名的伤感,凄惨的美丽,如同如水的流年,又似一种干净透明,没有来由没有去处的感情,一直就被这样无情地搁浅着,年复一年,日复一日,如梦无痕。

呵,这马不停蹄的忧伤啊。

不由想起京剧《春闺梦》中张氏唱道:

去时陌上花似锦,今日楼头柳又青。

又想起了韦应物的诗来:

去年花里逢君别,今日花开已一年。
世事茫茫难自料,春愁黯黯独成眠。
身多疾病思田里,邑有流亡愧俸钱。
闻道欲来相问讯,西楼望月几回圆。

想来,一位素心的女子,带着尘世的喜悦与苍茫,怀着怎样蚀骨的渴盼和喜悦等待梦中那个惜花、赏花、爱花的人。

那时,他来的时候,也许她还小,但她记住了他探问的声音"怎么没有开呢?花儿应该是开的呀。"她记住了他眼里闪过的失望。于是,她便用尽了一生的心和血,情和意,在刹那间绽放。

从他走的那一瞬间,她便怀了心事。最初是,浅浅地喜欢吧,藏在心里,一遍遍地回想他的声音,回想他的眼神,甚至,连无意间看到的他颈间小小的痣,也那么半遮半掩地思念了起来。欲说还休,如同二月的天气,还藏着要吐蕊的花苞,这浅浅的喜欢,如饮清茶,淡然而落寂,挑落灯花,满心禅意,是银碗里盛雪的素清,却又听着隔水的云箫,分外缠绵。

之后,是低头婉转的心思,相思就一刻也不曾清闲了。就连空气中传来的翠鸟的鸣叫声,也全是"喜欢,喜欢!"

然后自己便成为了一只雪白的蚕,一点点地吐了丝,这样地缠了,让人惊心。春天里,一个人跑到开满樱花的院子里看梧桐,只因他曾在梧桐树下站过;夏天里,跑到塘边,因为,这里有过他的足迹。

喜欢一个人,就剩下一颗简单的心了,其实心里开满了花,是那种最娇的桃花吧,那样艳,那样粉,只有自己知道,这桃花带了满身的巫气，不染尘埃，只觉得日子好长，静坐时，心里是他，走到大街上，心里也是他。就如同胡兰成刚刚迷上张爱玲，从她那里出来，去朋友家串门，看到灯下朋友们在打麻将，他看了一会儿，只觉得灯明晃晃的，朋友们说了什么，他不知道，于是走出来，在春夜里，一个人，继续想她。

这真是喜欢了。

放不下了，费心思了，明亮亮的喜欢，小虫子一样，在心里蠕动着，喜欢多好啊，如春潮在涨，一直往上涨，彻底崩溃那天，索性赖了皮——我爱你！到底说了，浅浅的喜欢变成了爱。

百转柔肠，思君如流水，何有穷已时。

从年头到年尾，从青春到暮年，然而，在她最美丽的岁月里，在无尽的等待中，那个身影再也没有出现。

没有如胶似漆，没有缠缠纠缠，甚至，连死皮赖脸，撕破了脸还是问，"爱吗？爱吗？"这样的机会都不曾有。

一切不曾发生。

一切都还没来得及发生。

回过头再看，那么美，那么忧伤，那么破碎。

悲伤，泪流成河

我坐在这里，任悲伤泪流成河。

其实，在此之前，我是知道自己的眼泪多于常人的，然而，当我坐在这里，眼泪如同江河般汩汩流淌的时候，我还是被自己吓了一跳。

这时候，我的身体似乎变成了一片海，是的，是一片海，一片忧伤的海。那淋漓尽致奔涌而出的泪水，似乎是在表达我内心里的那种辽阔、悠长、令人悲怆的忧伤。因为这份辽阔，这份悠长，我心中的忧伤，竟如此的苍凉优美，如此的悲壮凄惶，如此的诗意妙曼，如此的令我心碎难安。而此时，我看到充满草香味道的阳光，被窗台上各色的花盆遮挡之后投射下来，更像是一些长长短短的句子，还像我翻腾着的海的忧伤。

有一只手温暖地搭在了我的肩头，我感觉到了那手掌的温度。很久以前，生命中最重要的那位曾经问我，身体中最重要的部位是什么。我曾经回答过是耳朵、是眼睛、是手、是脚等等，但每一次，他都给予了否定。后来，他让我明白，身体中最重要的部位，应该是肩头。因为，当最亲近的人哭泣的时候，只有肩膀可以让他们依靠，给予他们一个肩膀的温暖和支持。现在，竟然有人在我泪流成河的时候轻拍我的肩头,这让我心里有些吃惊。于是,我轻轻地回过了头,原来,原来是一只狗正温柔地注视着我。

这是一条普通的狗。全身原本雪白的毛都泛着黄色,身上斑斑点点地沾上了许多的杂色,我可以闻到它身上的气味,那种长时间流浪后的风尘仆仆的气味,让我不觉得有种莫明的心疼。

然而,我却在它的眼里看到了一份疼痛,我竟然感觉得出,这份疼痛是因为我奔涌而出的眼泪。它就那么静静地站在我的面前,伸出一只手,轻轻地抚着我的肩头,眼里是哀哀的伤感,间或用舌头舔舔我的手,传递出一份关爱。狗先生,你从哪里来?你是来咬我的吗?可你的眼神分明是如此的关爱,好似我悲伤的眼泪让你心酸。你是为了传递你的关爱而千里迢迢地专程赶来的吗?你的腿怎么跛了?是跋山涉水所累,还是被坏人所伤?是被你的同类所害?还是善良的你,被阴谋所至?那么,你与我一定是同病相怜,在我的身上,你想到了自己所受的伤害或者苦痛,所以,才肯远远地赶来,用你的温情抚慰我破碎了的心吗?其实,我从不曾对你有过半分的恩惠,可你却让我感觉到了这充满草香的阳光里爱的色彩。

远远的,咪咪也跑了过来。她是欢快地跑过来的,正如过去的所有傍晚一样。然而,此时,当她看到我满脸泪水的时候,她怔了一下,然而果敢地蹭到了我的怀里,仰起头,眼泪汪汪地看着我。她的这个表情让我心疼,也让我想起了最初见她的情景。

两个月前,我见到她的时候,一身白毛都变成了灰黑色,流着鼻涕,只能用嘴呼吸,全身虚弱,瘦骨嶙峋,见了我,吓得躲到一边。也许,她是被人伤害怕了吧?我深深为她的弱小而伤感。回到家,拿了她喜欢的鸭肝,然而,她却不敢走近。当她确定我的友善时,才肯小心翼翼地走过来,狼吞虎咽地吃完了所有的鸭肝,然后,眼泪汪汪地望着我。而此时,她就趴在我的怀里,看到我奔涌的泪水,她的嘴角轻轻抖动着,眼睛里蓄了泪水。

她的眼泪让我心疼。我之于她，不过是几餐饭的交情而已。然而，当她看到我泪水横流的时候，她竟表现出真切的痛苦来。

　　狗先生，猫小姐，你们的懂得和善良，让我感动。因为，从你们的眼里，我感觉出你们的爱穿透我的生命而深达灵魂的深处。

　　你们让我感觉到了生命中安静淳朴的温暖！

梦在我看不见的地方

—— 一个盲女的自述

人,终其一生都是一个孩子,在苍茫的宇宙里,在永恒的时间长河里,人始终都在漂泊和迷惑之中。人,怎么能不倾听一种更宽广的智慧的声音,就安放自己的灵魂呢?所以,我常常坐在窗口,一动不动地望着远方,我知道,远方有广阔的绿野,苍翠的山脉;还有我亲爱的故乡和我温暖的家。

想起家,便想起那一声声的回音。"红的花,绿的树"每当我站在门前大声喊的时候,便会传来一声声的"红——的——花,绿——的——树"的回音。

春天来了,我感受到了温暖的气息,夏天来了,我闻到汗湿的味道;秋天来了,我听到鸟忧伤的歌声;冬天来了,雪花重重地砸在我的肩上……他们说,春天是绿的,夏天是红的,秋天是黄的,冬天是白的,就像我做过的一个个色彩斑驳的梦,但梦醒后,我的眼前依然只有一种颜色:黑暗。

我永远生活在黑暗之中,就好像一个人被埋在深深的地下一样。我不知道鸟飞过的天空会留下什么样的痕迹,我只是在各种各样的声音里延续着自己的幻想。盲,就是眼睛死了,就是与生俱来的黑暗,就是在黑暗中一生的摸索前行,就是不断的碰壁和受伤。

我是上帝的败笔。

当其他同龄孩子可以做这样那样的游戏时,我只能用泪水化解这种无助;当其他小朋友沐浴在教室的阳光里时,我只能将自己深锁在黑暗的世界里;当"瞎子,瞎子"的喊声砸来时,我哭着问:"妈妈,我并没有过错,却为什么与别人不同?"

我看不见妈妈眼里的忧伤,她的泪却像针一样刺到我的手背上。童年的我,经常听到这样的话"又卖了一头猪,可多打几针了。"然后爸爸背上我到很远很远的地方,然后就是来自皮肤的疼痛。别的孩子都在院子里玩各种游戏时,各种各样的液体却流入我的身体,它们都是如此冰冷,然而,我的黑暗却依然如故。医生说:"看来,这孩子一生就只能这样了。"爸爸一声沉重的叹息砸在我的心头,一直痛到现在。

每天,我都在祈求上帝,给我一点光明,哪怕一瞬间也好,让我看看红的花,蓝的天,让我看看妈妈眼里的慈祥。然而,上帝也许睡了,也许离我太远,远到听不见我的祈求。我只好把手放在妈妈的脸上,额头、下巴、耳朵……仔细地"看"着每一处。我的手指成了我的眼睛。

"光明在我的心里,颜色在我的手里。"这句话是在小小的收音机里听到的。

那是一个有风的傍晚,一个暖暖的声音说:"这只收音机可以带给你一个新的天地。"她的声音如风吹过的铃铛,叮叮当当,旋起一阵清凉的风,把快乐种进我的心里。我闻到她身上夏天茂盛花朵一样热情洋溢的气息。我不知道,她安静的脸上是不是流溢着阳光般的颜色?彩色的发卡在夕阳里一定有着温暖的色彩吧?

从此以后,小小的收音机让黑暗的日子慢慢绽出了清香的百合花。

"今晚在院子里坐着乘凉，忽然想起日日走过的荷塘……"收音机里的男声，让看到了如诗如画的梦境：田田的绿叶，溶溶月色……正是朱自清的《荷塘月色》，让我有了一个迫切的愿望：我要到远方去，远到我的梦所不及的地方——上帝剥夺了我看的权利，却给了我一颗敏感的心。

于是，当盲校老师再一次来到我家时，我终于来到了这里。我远远地来到这里，为了寻找梦里温暖的颜色。

当你站在阳光里，看着葵花硕大金黄的脸庞在阳光下熠熠生辉，你就看见了绵延不绝的温暖以及亘古不变的梦的颜色。

凸凹有致的圆点把这段话传给了我。当时是雨天，雨点敲打着玻璃的声音如同大珠小珠撒落银盘，叮叮咚咚一直响到我的心里。

如果幸运的话，我把手轻轻地放在一棵小树上，就能感到小鸟放声歌唱时的欢蹦乱跳……

凸凹有致的圆点让我认识了海伦·凯勒。凸凹有致的圆点为我打开了全新的世界，我看到了梦所不能到达的地方。

在这里，我学会了用各色纸张做成美丽的图案，制作彩色编织品，拥有了爽朗的笑、婉转的歌声，更重要的，音乐成为我的另一双眼睛；在这里，我学会了拉提琴，吹口琴，每当唱起《相亲相爱》这首歌时，快乐如春天的小鸟飞上我心的枝头，我能闻到心田里面阳光的味道；在这里，我与正常人一样生活，和他们一样体验这个世界的丰富多彩；在这里，我找到了梦的颜色，那纯白的色彩，是天使的翅膀，是"捧出一颗心来，不带半根草走"的老师母亲般的关怀；在这里，我学会了爱人和被爱。我们每做一件好事，就如在绿树上添一片叶子，这棵人生的大树，由此而快乐地生长；在这里，我也学会了回报，当我用双手为母亲按摩时，母亲流下了喜悦的泪。其实，我不再是那个什么也看不见的小女孩，我已拥有无数双眼睛，看得见这个世界的阳光、美丽、温柔和爱，更看得见梦里的色彩；在这里，我也如同伊朗电影《天堂的颜色》里那个盲童一样，从每一朵鲜花的花瓣与第一声鸟鸣的婉转声中，坚信自己与上帝触手可及，与万物亲近。

《千手观音》打动了无数人的心，但是我最喜欢的还是邰丽华的一句话："所有人的人生都是一样的，有圆有缺有满有空，这是你不能选择的。但你可以选择多看人生的角度，多看人生的圆满，然后带着一颗快乐感恩的心去面对人生的不圆满。"是的，检点我们与生俱来的行囊，人人都免不了有种种的不如意。或容颜黯淡，或智力平平，或出身贫寒，或天生残障……上帝的败笔随处可见。这不是我们的错，重要的是去修正这个错！我由衷地希望这个世界上每一颗有隐痛的心都高贵骄矜，每一颗有伤痕的头都高高昂起。

诗人顾城说：黑夜给了我黑色的眼睛，我却用它寻找光明。其实，黑色的世界也并不都是孤独和绝望，无处不在的是恬静，来自你的心。永远的温暖而清澈。只要你的心看得见。于是，我这样对妈妈说：妈妈，从懂事起，你就告诉我，我跟别人是不同的，我是残缺的，我不懂。妈妈，你告诉我，头上三尺有希望，但我不跳起来就永远也抓不住，但是我不懂。妈妈，你怎么不告诉我，除了残缺我也没有什么不同。而希望，我终于看见了，更重要的，我看到了梦的颜色。

那一地的小黄花

纤细、虚幻，如同不小心产生出的错觉。每当我想起那一院子的小黄花的时候，我便会想起那个可爱的小姑娘。

她是在爸爸近60岁的时候才出生的。那时，家里穷，也因为近于失明的眼睛，虽然一身的好力气，虽然五里三村的老少都夸他的人品，但爸爸还是到了53岁的时候，才讨了个寡居的女人。当她出生的时候，爸爸的眼睛几乎都看不见了，但却把她当作一件上天赐给的宝贝来疼。有一天夜里，家里实在太冷了，父亲便抱了她坐在炉前取暖，谁知累了一天的父亲竟然睡着了，火却一直烧了起来。当他们被人救出来的时候，她的手、脸都被烧坏了，从此，她的身上，除了背负着贫穷外，还背负了一双残疾的手，和左脸上一块伤痕。

看见她的时候，是在她的小院里。低矮的两间小屋，屋里除了一张方桌、几个小凳外别无他物。而院子里的黄花却开得正好。纤长的花茎，挑着小小的花盘。那一朵朵的花儿细碎而热切。细小的花瓣，重重叠叠，连成一片铺展开来。阳光打在花上，灿烂而耀眼，恍若如梦。小小的她蹲在黄花中间，一样的纤细、虚幻，让人生出一份痛来。看见我们，她抬起头，一笑，露出几颗白白的牙齿，那块黑亮的疤更凸显了起来。15岁，应该是如花的年岁。生在这样的家庭，有着这样的容貌，她应该是痛苦的吧？然而，那一声声清脆的笑，却并没有半点痛苦的痕迹。

听说人与人之间是有距离的：一米的距离是给那些至爱亲朋的；两米的距离是给同事、客户以及关系不即不离者的；三米的距离则是给那些陌生人的。生活中，要把握好这个度，太近则会使人窘迫，远了则产生隔阂。我不知道我这样的距离，对她的尊严会不会是一种侵犯？然而，我只是喜欢她明亮的眼睛、清脆的笑声，便忍不住走上前抱住了她，并且感觉到那小小的身子是轻轻地一颤。想不到，她竟用一只残缺的右手熟练地摘了一朵小黄花，笑吟吟地插到了我的头发里，斜了头天真地看着我。我的心湿湿的，却小心地不敢动，因为头发太短，害怕小黄花掉下来。低头之间，小黄花还是很快就掉了下来，轻轻地飘落在地。

多么可爱啊。她的可爱如同每一位健康、快乐着的15岁女孩。我亲吻着那一头蓬乱的发，问她生在这样的家庭，拥有这样的父母有没有感觉到不幸？然而，她却笑笑说：我永远不会后悔生在这样一个家里。我的爸爸虽然视力很差，但他爱我，也爱我久病在床的妈妈。为了给我们更好的生活，他每天都早出晚归，能想的办法都想了，能做的事情都做了。正因为我们贫穷，我的爸爸比别人的爸爸更辛苦，付出的更多；正因为我的残疾，爸爸更多地爱我。每天，他都用粗大的手为我梳头，到了我上学的年龄，爸爸更是早出晚归地接我、送我。我的妈妈常年有病，却坚持躺在床上织衣物换钱。我感谢他们生了我，感谢他们教会了我生活，我更感谢他们给予我的爱。

怀有一颗感恩的心，如同那一地的小黄花，安安静静地开在午后的阳光里，风过去，是一阵阵淡淡的清香，如同女孩那无邪的笑声。

第四辑

让我们活着感受美好

生活中，那些珍贵的

黄昏降临的时候，那些曲折的街道和小巷，更显得幽深，走在这样的街道上，人也会瞬间忧郁而深邃了起来。

但丁说：人不能像走兽那样活着，应该追求知识和美德。于是，他为了爱和理想创作了前无古人的《神曲》，他的目的是"要使生活在这一世界的人摆脱悲惨的遭遇，把他们引到幸福的境地"。

想起了前几天住院时，邻床有位六十多岁的刘姨癌症晚期，她九十多岁的母亲前来看她。来之前，刘姨一遍遍叮嘱同室病友，不要让母亲知道病情。当老人走进病房时，一双枯干的手拉着女儿不放，刘姨用手抱着母亲，一堆雪白的头发便在刘姨的怀里起伏着，孩子似的央求道："妈太想你了，妈太想你了，你可要快点回家啊！"刘姨的泪哗啦哗啦地流了一脸，轻轻拍了母亲的背柔声说：就好了，就好了。那一刻，在场的每一个人无不泪光闪闪。

每天黄昏，总能看到两个背影：坐在轮椅上的她，被老伴推着，边走边说笑着，那样的情景，让人感觉到夕阳晚照般的温暖。其实，了解内情的人都知道，早年，他是位不负责任的人，不但脾气不好，还常年不在家，几十年里，她就没过过一天舒心的日子。然而，当她病倒后，他却回到她的身边，再也没有离开。因为没有孩子，他把她当成了孩子：吃药、翻身、锻炼……连周围的人都吃惊不已。因为爱，她竟迅速好转了起来，见人就说：苍天有眼啊！

读过《一秒钟浪漫》的小文：一位火车司机，因为工作忙长达一个月没有回家，在四十五周岁那天，妻子带着儿子坐上了另一列火车。因为这列火车，可以与他所在的那列火车擦肩而过，时间为一秒钟，母子两人想用一秒钟的时间，传递一份祝福和关爱。于是，整个车厢的人共同见证了那动人的一幕。因激动而不停抖动身体的男孩，将画有蛋糕的画，死死贴在窗玻璃上，蛋糕旁，有一行玫瑰色的字：老公，保重！两列火车擦肩而过后，儿子激动地抱着母亲喊道：我看见爸爸了，爸爸朝我笑了！妈妈也笑着对儿子点头，她也看到了，她也很高兴！这样平素朴实的爱，让人向往和心动。

一位突然失明的小伙子，万念俱灰，几经徘徊，最后痛下轻生的念头。一位素不相识的女孩发现了，放下自己重病的身体，专心陪着男孩，让他明白了一个道理：不是路已到了尽头，而是已到了转弯的时候，走在人生的漫漫长途中，平坦处，当有居安思危之心，险峻时，当抱柳暗花明之念。几个月后，白血病的女孩走了，而男孩因为女孩捐献的眼角膜而重获了光明。

有一位痴呆多年的父亲，只认得自己的女儿，他的思维，一直停留在几十年前，惦记着他年少的女儿饥饿的胃。于是，每次外出吃饭，必定把若干好吃的藏在衣袋里，不惑之年的女儿总是一边洗父亲油渍斑斑的衣服，一边泪流满面，心里全是满满的温暖。

除了爱，还有什么可以让一颗心充盈而美丽呢？

谁在用琵琶弹奏一曲东风破，岁月在墙上剥落，看见小时候，犹记得那年我们都还很年幼。

不知为何，对于这句歌词颇是喜欢，似有一种说不出的美，而人生中，一路走来的感动，如同我置身江南小镇时的感觉，宁静而不孤寂，淳朴而不粗俗，淡雅而不灰暗。透着一分亲切，一丝忧郁。像是古筝演奏的《高山流水》《春江花月夜》；像柔曼的柳枝、端庄的银杏；像白色的水仙、粉色的夏荷。

不是吗？一首经典的老歌，一首李商隐的无题诗，一座山峰，一朵浪花，一座老屋子，一棵大树或者一株小苗，一叶扁舟，一钩残月或者落到海里去的太阳，都让我因珍贵而感动。

因为爱和感动，让我们永远记住了一些人或事；因为爱，让我们拥有了人生中最美的时刻；因为爱，让我们感受着人与人之间的距离和界限；因为爱，我们把自己的心放到了最低；因为爱，我们的生活简单而丰富；还是因为爱，那些看得见和看不见的幸福，留下了一些见证，一些记忆，一些说法，一些酸甜苦辣，让生活随之而生动……

缺憾，缺憾

正午的时候，阳光直射，像静静的瀑布砸向路面，砸向林立着的楼房，溅起的光斑雨点一样洒了一地，当古筝响起的时候，世界便沉静了下来。

古典而宁静的筝声是从我的房间里传出来的。房间不大，刚够让一声叹息回过声来。罗小慈演奏的《陆游与唐琬》古典而宁静的音乐，伴随着朗诵，恍如徘徊在悠长而寂寥的雨巷，就在我房间的角角落落浮动着，如暗香，如泼洒的阳光，又如月光一样地淌了一地，更如绮丽的春风从南宋的春天悠悠吹来……八百多年前发生在古越大地的那场美丽而缺憾着的爱情故事仿佛就在眼前……

筝声中，沈园的桃花开了又谢，谢了又开，唐琬的一滴清泪，包裹住如烟的往事，让沈园的桃花缠绵悱恻，哀婉动人。年迈的诗人，在纷飞的桃花雨中长袖当舞：

　　城上斜阳画角哀，沈园非复旧池台。
　　伤心桥下春波绿，曾是惊鸿照影来。

每次读来，总不由想起"去年今日此门中，人面桃花相映红。

人面不知何处去,桃花依旧笑春风"的诗句和唐朝那位叫崔护的岭南节度使心中那份永远的缺憾。

曾经,我不止一次地怀想,宋朝的月光应该与今天的有所不同吧?那时的月,一定格外明媚,一定有霜的重量,也有雪的质感吧。因为,在众多的宋词中,我总能读出月亮的另一份缠绵和意蕴来。李清照《一剪梅》中:

> 云中谁寄锦书来?雁字回时,月满西楼。花自飘零水自流,一种相思,两处闲愁。此情无计可消除,才下眉头,却上心头。

把别绪写得淋漓尽致的吕本中:

> 恨君不似江楼月,南北东西。南北东西,只有相随无别离。恨君却似江楼月,暂满还亏。暂满还亏,待得团圆是几时?

把离情写得入木三分;特别是苏轼的《水调歌头》"明月几时有,把酒问青天"的气势,的确撼人心魄,正如这如怨如慕、如泣如诉的筝声,把"春如旧,人空瘦"的悲叹和缺憾洒满天上人间⋯⋯

从美学的角度来说,缺憾美是最有魅力的。有了缺憾,就有了联想的空间,就有了神往理想的动力。千古不朽的雕塑作品《断臂的维纳斯》和《巴尔扎克像》,正是以其特有的艺术残缺美的魅力征服了世界。

不曾被忽略的伤口,是岁月积淀里的一口清泉;缺憾,是岁月里一道看不见的伤,它如一件青衣,温柔地披在伤痕累累的肌骨上。

然而，缺憾是有长度的，这个长度，是我在看了《梦系廊桥》之后的感觉。

《廊桥遗梦》，因为有情人未能成眷属的缺憾、亦令中年的浪漫获得完美的定格，令世界上千千万万的读者如痴如醉，感动至极。由该小说改编的电影也令全球无数观众潸然泪下，产生强烈的共鸣。时隔10年，美国人罗伯特·詹姆斯·沃勒又写下了它的续集《梦系廊桥》，给了浪迹天涯的摄影师和传统的衣阿华农夫之妻之间的爱情故事一个荡气回肠的结局，使读者在10年之后再次重新沉浸于、陶醉于《廊桥遗梦》的氛围中。

罗伯特·詹姆斯·沃勒是这样说的："从开满蝴蝶花的草丛中，从一千条乡间小路的尘埃中，常有关不住的歌声飞出来。"然而，在这美丽的歌声中，男女主人公历经时间流逝，却永远地失之交臂，避免了好莱坞式的大团圆结局，留下了永远的缺憾；两人的骨灰却先后撒在廊桥上的同一个地方——异曲同工地表现出东方传说中的化蝶之美，让缺憾产生出无法言说的美丽和力量。这正如我所看过的所有关于陆游与唐琬的爱情悲剧一样，无论是电影《风流千古》，还是京剧《钗头凤》，除了感动于他们永恒的爱情之外，更多的是感受到那份"天长地久有时尽，此恨绵绵无绝期"的缺憾和无奈。

这里，我又想起了听蔡琴《缺口》时的感受。

那是暮色一点点涨上来的傍晚，树梢上晚照的余光一点一点地瘦了下去，我乘车走过一处幽寂的院子，灰砖、青苔、暗影，以及院子里高高低低的花树从车窗外掠过。

> 年轻求得圆满，随着岁月走散。忍不住回头看，剩下的只是片段。这些年像陀螺一样旋转，过去的风雨留给别人去评判，无愧了一切都平淡、幸福没有答案，付出不能计算。

蔡琴的声音在轻轻浅浅的钢琴或提琴声里，如一条舒缓的河流不急不徐地漫了过来，浸润着我的心。那一刻，车窗外一闪一闪而过的花树，成了李清照或者李煜的残句断词，心灵的角角落落，立时便有了人去楼空的沧桑，如同洒落在宣纸上的泪痕，随了暮色在这幽寂的路上回旋。

心，于是便静静地沉了下去，沉了下去，那里存放着山高水长般忧伤的深度。现在清楚地记得，那个暮色渐浓的时刻，我深深地遗憾竟与蔡琴错过了那么多年。正如此时，在凄婉哀怨的歌声中，我看到青年古筝演奏家罗小慈离开琴台，挥毫在舞台上方的一面影壁上奋笔写下陆游名词《钗头凤》"春如旧、人空瘦……"时，世间的沉浮和缺憾，全都落英缤纷……

瞬间老去的年华

一些东西正在远去，一些东西正在走来。有时候，迎面撞个满怀的东西，恰恰会引起无限的感慨，正像此时我打开的这个衣箱。

色彩斑斓里，如水般淌过头顶的日子，在这些陈旧的衣服里，却哗哗哗地流淌着，让我嗅到了几许逝去岁月的气息，飘在暗香浮动的岁月之河里，经典得如同叹息。

想起了最初喜欢的一种颜色。应该是十四五岁的年纪吧，那时，爱死了粉红色。粗粗的家纺布上，印着几朵春天的桃花，像一颗颗未经沾染的心，毫无遮掩地挂在枝头，盈盈欲滴。深吸一口气，便会有一缕淡淡的馨香，透着甜蜜缠绕在年少的梦里。那是花开的季节，姹紫嫣红，心事迷惘。记得总是一件粗布淡花的上衣，坐在花影里，看长长的光柱。午后的风都是热辣辣的，也是安静的，恍若无人烟的气息，让我久久地沉浸。那时，大片大片空闲的时光漂浮着，我像一片树叶在大海上随波荡漾，不知何时才是尽头。

其实，生命深处的众多细节，都在随着时间走动着。就像摊在我面前的这一箱的旧衣服，快乐地布满了流年的伤痕。

那些半旧的衣服，总会让我想起什么，幽幽的，通往远远的年代。但要真切地说清楚想的是什么，恐怕就有些茫然。

应该是18岁吧，白色成了我生命的本色。白衣、白裙、白裤、白帽。白衣胜雪的岁月里，是青春女孩清新秀丽的纯净，纯净的，连心事都不曾有过似的。后来，便喜欢上了红色。一种夸张、一种热情，毫不张扬地融入了冬天的暖意中，带有一点点娇羞，一点点遐想，心情触摸着自然界的细腻和一个个有了色彩的梦境。

而现在，我的衣箱里，更多的是黑色，是岁月凝重的脸谱了。

寂寞，忽然就从心底涌出。

此时，我听见衣服们错落有致的叹息，彼此起伏，仿佛寂静湖面上的一片片涟漪。我多想忧伤地喊住，路过我窗外的云朵，落到这些艳丽的衣服上，随便擦一把，就是青春生动亮丽的脸了。

于是，我安静下来，静静地聆听着来自心灵深处的回音，一丝一丝的。

不由想起了一路走来的日子。

其实，骨子里，我是喜欢安静的。喜欢把热闹关在门外，然后静静地等待心灵澄净，享受着无边的安静，也聆听着另一些声音。比如风吹窗前风铃的声音。这串小小的风铃，是我从大理带回来的手工铁制的三尾鱼，它没有一般风铃的纤巧，淳朴一如当地的民风。风起时，三尾鱼不经意地撞击着，乐音如同一串串泡沫汩汩而出，淌在心底像一层层细浪追逐摇曳着远去。寂静里，手表转动的声音也是苍劲有力，总感觉那就是一颗剧烈跳动的心，又像是屋角千年的雨滴，日夜打在绣满绿苔的青石上。还比如音乐。爱尔兰风笛的轻灵清透，纯美纯净，如精灵在森林里跳跃，适合在安静的夜独自聆听。在我，音乐总是一种奇异的存在，它总是那样细致入微，让我感到人与人之间的心灵相通，相互倾诉，相互取暖。

其实，最让我有一种安全的感觉，还是在街道上行走。起伏的人群就如同一条不息的河流，而我是那河里的一尾鱼。熙熙攘攘的人群，不知来自何方，去向何处，不时飘来的一两句对话里，漂浮着的是呛人的人间烟火。往往这个时候,我便会把自己遗失在最热闹的街市。

偶然地,在人流中会发现一张似曾相识的脸突兀地呈现在面前,当要开口打招呼时,那张脸,又完全是陌生的。那个或曾面如满月,或曾甜美妩媚,或曾清新明丽,或曾温润莹秀。而此刻,隔了长长一段时间的河流,湮没在漠漠的人群里,怎么看都找不到曾经的鲜美。于是,心底里便堆满了怜悯,怜悯对方,也更怜悯自己。因为,岁月清清楚楚地撒在那人身上的风霜,她是如此,我更是如此。就像此刻,在这一箱摊开的旧衣服里,我分明看见时光老人驾着马车,从我的眼前一闪而过。在经过的时候,他的目光,仅是匆匆一瞥,便在我的心上凿了个大洞。

年华如水。我的眼前,倏地闪过一个老太太,我应叫做姑姑的老人。记得小的时候去看她,每次,她总会打开自己的衣箱,拿出一件衣服送我。每次,姑姑打开花花绿绿的衣箱,青筋交错的手,轻轻抚过那一团团的花簇,我的心便忍不住地缩做一团。那一刻,我分明看到水莲花似的年华和一个女人的妩媚,就从那十个粗糙的十指间簌簌落下,瞬间便没了踪影。

如今,正如我姑姑当年,将生命中那些鲜活的过往关闭到衣箱那一件件寂寞的衣服里,成为了永恒。虽然,只要一个动作,昔日的记忆都会在指上重生。那些没有注释的,断断续续的日子,已经模糊不清的某月某日的天气,都会让我想起当时的月光和月光下一去不返的背影。那满箱的旧书,对于我来说,真的只是一种存在,一种与现在的我有着太多关联,又没有太多关联的存在。

在一定程度上,这些旧日的服装,是一把记忆的钥匙。它悬挂在我记忆的最深处,闪闪发光。

忽然想到,40年,不长不短,正是怀古的好时机。而年华的老去,却是会在瞬间完成。

岁月匆匆的脚步

这个秋天是从来没有过的忙碌,如清寒的风,一刻也不曾停歇。

偶有小闲的时候,便站在窗前静心而望,心便澄净出另一片天地来。在这样的澄净中,轻轻地度过一片一片的时光。这样的时刻,我会久久地拥抱着自己,在久久的拥抱中,便会感觉到来自心灵的温暖或力量。

生命是一个过程。

生活在这浮躁的时代,站在浮躁的岁月里,日子如水流过我们的头顶,只有在独自拥抱的时候,才能嗅出逝去岁月的气息,漂浮在暗香浮动的夜里,经典得如同一个又一个叹息。这样的时候,拥抱住自己,将内心的这份温暖和力量抱满胸怀,在苍凉与不甘中,在寂寞与忧郁中,任灵魂漫无边际地游走,可以清晰地看到躲在尘世眼睛后面,忧伤像水一样四处弥漫扩散。

长长的岁月里,心里是满满的疼痛,但我却一直想为匆匆行走的岁月留下一段清澈如洗的美好记忆。于是,在忙乱的日子里,让自己的生活与看书、练字、画画、下棋、瑜伽有关,与一切简静、清嘉的长夏的物事有关。

苦难的岁月里,总能容得下一个素心人一段柔软的时光。

单纯美好的气息,纯净淡淡的情怀。

如果存了清宁心意,只求如许安静充实的生活,心里便会踏实安静许多。

小雨轻落的时候,高高的小轩窗下的风铃叮咚作响,有清凉的风阔阔地吹来,打在半湿的头发上,有微微的沁凉漫上心头;夜色深重的时候,晚风轻拂,淡色窗纱飘动,便会荡起一片花开叶绿;漫远的天际,碎碎的树影,五彩的灯让夜色诗意而美好,而伍尔夫的《一间自己的屋》是最适合夜里静读的。这样的时刻,只觉时光清美,心里心外总是周邦彦"午阴嘉树清圆"般的词。读着,想着,心里总是多了一份惆怅。因为,曾有过多少清心相拥的日子,夜静伴读偶尔抬头忽见,然后,相视而笑。万千风情都在那一瞥里,是一种默契,是一种懂得,更是一种无言的幸福。

……………

忧伤,仍然是如水的绵长。

如果有来生,请让我做你心尖上的一滴泪吧,仅仅是一滴就好,让我还了今生的这份痴情与爱恋。

秋风含露,丝丝轻寒。岁月依然静美,生活依然平静,而我的心,依然地忧伤。那么,请容我,一颗微凉的心,于平静忧伤的秋风中,独自回味岁月的味道吧。

宝 藏

狄更斯在《双城记》中说过一段话：

> 这是最好的时期，也是最坏的时期；这是智慧的时代，也是愚蠢的时代；这是信任的年代，也是怀疑的年代；这是光明的季节，也是黑暗的季节；这是希望的春天，也是希望的冬天；我们的前途无量，同时又感到希望渺茫；我们一起奔向天堂，我们全又走向另一个方向。

想起这段话的时候，是在冬日的一个早上。太阳温暖地挂在天空，让我感受到丝丝的暖意。

阳光明媚，就会让思维活跃。于是，我又想起了周国平说过的话：

> 苦难和幸福，都是直接和灵魂相关的东西，能激发起灵魂觉醒。虽然，没有人能完全支配自己在世间的遭遇，其中充满着偶然性，因为偶然性的不同，也便有了这样或者那样的人生，丰富或者单调，幸福或者痛苦……

世间万物，完美是以不完美为材料的，圆满必须是包含缺憾的。苦难仍会深化一个人对于生命意义的认识。

生活何尝不是如此。

有花开，就有花落。而繁华落尽时，一切也将归于原来，一切也会成为过往。

繁华落尽，我依然是一个素颜淡淡的柔情的我，你也仍然是明月高洁着的你。那么，就借一轮明月，把萦绕不去的缠绵的情愫，折叠在皎洁的月色中去吧。

安意如说，风住尘香花尽时，才可以看到最后的风清月朗，花好月圆。她还说，有些人的心田只能耕种一次，一次之后，便永久荒芜。后来的人，只能眼睁睁看它荒芜死去。她又说，荒芜的本身就是一种保留。因为静默，你永远不会了解它蕴藏了怎样深沉如海的情感。烟花不会让人懂得，它化做的尘埃是怎样的温暖。它宁可留下一地冰冷的幻象，一地破碎。如果你哀伤，你可以为它悼念，却无法改变它的坚持。

然而，我仍然想用周国平的话，对生活说：一个历尽坎坷而仍然热爱人生的人，他胸中一定珍藏着许多从痛苦中提炼的珍宝。如果这样，我的心中将会是怎样的一座宝藏？

桑椹又熟时

抬眼望去,办公室正对的,是一排排的脚手架,如同热情四溢的少女般,却总让人感觉到了一份浅淡,即便是温柔如五月的天空,也是灰扑扑的,如同熬了一夜的眼睛,少了一份清澈,多了一份急促和无奈。

去小镇的那天,有温暖的阳光,是那种淡淡的春日的特有的温馨。透过车窗看到的是陌生的风景,陌生的天空和路上的村庄以及忙碌的身影。身影里投放出的是一种忙碌的味道,这味道里,应该还有一份从容和满足吧。

四十公里的路程,在朋友震耳的摇滚声中就到了。

抬眼望去,那一眼望不到边的桑园却不是我想象中的样子。绿绿的一片,矮矮的,让我的心,生出了一片失望。这样的桑园不过种了一两年的样子,怎么会长出丰美甘甜的桑椹来呢?朋友和孩子是迫不及待地就走到田里去了,我却直了身子,看周围的山、看正黄的麦,看比我的天空要高远着的天空。

生命、死亡、历史、爱情……所有的主题古老而简单,却永远像个蛰伏在魔法师宝典里的谜。然而,谜底到底握在谁的手里呢?是一声诅咒还是一句跋涉千里的祝福?

望着那一片荡着麦香的田野，竟说不出一句话来。

一大堆声音飘了过来，见不到人影，却是欣喜的样子，于是，应了她们的喜欢，我也慢慢地走了过去。

刚走了一步，人就没入其中，看到矮矮的树丛，竟比想象中的高了许多，一片片的，都要有两米多高呢，人在里面走，是看不到的。

心里，便多了一份欢喜，急急地寻了去。

果然，目光所及之处，树丛里，绿叶间，竟热闹地长满了桑椹，绿的、红的、紫色的。看到饱满的，紫透了的，用手摘了，也不用洗，直接送到嘴里，清甜的味道就直抵到心内，手上却是深深地落下了颜色。

看到色彩浓重的手指，不由想起了《仁王经》中所说：一弹指六十刹那，一刹那九百生灭。抬手处，又是一枚紫色的椹子，饱满、硕大，如十五的烟花，又如上弦的满月，应该还是小女儿正思的春梦吧，抬手——摘下——入口，我知道，又是一个刹那过去了。

恍然间已过去十几年，却记起了那个下午。是第一次见到吧，那个身影，就连同那个平凡的下午烙在了心里。是怎样的触动，让我突然邂逅了另一个自己，是前世的缘吗？让我在一个下午里，便完成了从生到死，地狱天堂的过程？

边摘边吃，并不知道哪一棵树上会硕果累累，哪一棵又是空空如也。因为这种未知，心也便在其中起起落落着：或惊喜或空叹，一个下午，竟这样喜乐忧欢地眨眼而过。

其实，人生，所有的光阴不都是刹那吗？正如此时的刹那，带着尘世的喜悦与苍茫。

对于这片桑田，我们仅仅是它的一个过客，刹那而过的过客。因为，对于桑田来说，我们终是要走的，正如我们短暂的一生。

在这短短的刹那而过的一生里，我们会去读一首纳兰的词，去回想一段乡间的旧事；去想念一个人，去想当年我们在一起的那些日子，那些日子里的那些温暖的或支离破碎的细节，以及仅仅是你与我拥有的刹那的时光。

然而，总有一些人或事被岁月埋进记忆，总有一些事物正在消失，比如熟透的紫色的椹子，可是，我知道，你和关于你的所有的记忆却会在我的心底闪闪发光，正如那熟透的桑椹，抬指处，便留下了浓重的色彩和入口的香甜，像五月早起的阳光，纯净地、温暖地覆盖在我的心上。

转身处，望一眼绿色的桑园，我轻叹了口气：如果还记得我们的约定，明年，还会有如此甜美的果实吧？

等待死亡

高烧是突然而至的，之前没有铺垫，更没有任何征兆。

呼出的气息都是滚烫的，周身的每个毛孔都是疼痛的。脑子里不时想起的是H1N1，努力回想几天来的行程与过往，断定不会是输入性的，又断定不会是非输入性的。之后，便陷入了不停地梦中，反反复复的，与一些事纠缠不清，事情大都是日常发生的继续；与一些人纠缠不清，人有熟悉的，有陌生的，也有故去很久的亲人，拉了他们的手，问一些缥缈无依的话题，也急切地问一些日常存在心里的问题，有的是回答的，有些是回避的……

不时地感觉到有人走近，轻轻地抚了我的额头，我的周身……轻轻地交流，之后，再轻轻地退出。我知道，那是我的母亲和我的女儿、兄嫂以及同事般的姐妹，他们的声音里，尽是爱的颜色。厨房里不时传出锅勺磕碰、热油与食物相拥的轰轰烈烈的声响。有车马走过的声音，有千军万马奔跑的声音，也有古筝的飞扬。音乐响起的一刹那，就觉一丝心动，飞出的乐符缓慢恬静，又带着丝丝淡淡的忧伤，曾经走过的路，一句没有说完的话，一个感伤的眼神，过去，或者从前的遗憾？梦里，总有一盏昏黄的灯，洒下似有若无的光色。脑海里闪现着曾经有过的辽阔的安谧，与阳光接近的美妙时光，以及那些难以忘情的人或者事。偶尔，感觉到自己的呼吸和心跳，从身体之中跳脱而出，向上升起，趋向不可知的高处、高处……

一天一夜，似乎过完了整整的一生。

当我醒来的时候，我看到六月傍晚的阳光从窗的玻璃斜射进来，柔和而宁静，它散发出的温暖似乎伸手可握，我甚至能感觉到这份温暖在我血液里流动的声音；我看到空气里浮荡的尘埃在光线里旋转；我还看到亲人热切的眼睛里的欣喜、感激和关切。这种感觉，正如我看经典影片《黑暗中的舞者》时的感受。它让一颗心灵敷着手帕，又让一块块手帕潮湿。这样的场景，还让我想起伊朗影片《天堂的颜色》所表达的：爱是涂料，他们用爱给这个世界涂抹着颜色，涂抹着天堂的颜色。

想起了父亲节参加的一场送别。

熙熙攘攘地来了许多人，有他认识的，也有不认识的，有他的亲人，或者也有他的仇人，带着共同的目的，怀着不同的想法来到了这里，许多人的脸上，看不出一点悲伤，有些人甚至还在小声地谈论着工作或者生意或者股票；还有些人的脸上写满了焦虑，希望仪式早点开始，尽快结束。然而，他什么都不再计较，只是安安静静、干干净净地躺在那里，一言不发，像一粒飘落的尘埃，轻飘飘的，还像曾经有过的爱或者恨。

我久久地注视着他的脸。他的眼睛还睁着，嘴也没有闭上。他还想再看一眼这个世界吗？他还有许多的话没来得及说吗？他还有很多愿望没有表达吗？我想象着他60年的人生，应该有过许多的爱恨情仇吧？应该有过许多的快乐或者悲伤吧？然而，现在他却一言不发，把60年的人生辛酸或者快乐留了下来，留给他的妻子儿女或者朋友，然而，他们又会留存多久呢？有一天，人们会看到，他的儿女在成长，他的妻子在衰老。

我哭了。

在这个陌生的生命最后的告别仪式上，我竟伤心地痛哭了起来。

泪眼中，我又看到了我的另一个朋友。她已经患肺癌两年了。两年的时光，已消磨了她所有的青春、灵气和高贵。她躺在那儿，扁扁的她，盖着薄薄的被，苍白的脸，苍白的手，整个的一个人，除了枯褐色就是屈辱和无奈。

我走上去，握了她的手，想把自己的气息和活力传给她。她已不能说话，眼神涣散地看着我，那么的茫然、空洞。

窗外，白晃晃的太阳像不断嘲笑着人类的死神的眼神。

她的爱人、女儿、年老的母亲、朋友、同学四散在她的身边，等待着她的死亡。

她的目光，不时地与周围的人对视一下，然后再失望地移开，投向另一些人。

是因为眷恋？还是因为愤怒？

就是这样的目光，一次次在我的心上凿开一个又一个大洞，让我的心鲜血淋漓，蚀骨的痛楚，使我一次次辗转于生与死之间。

我再一次流下了眼泪——为她的眼神，为周围等待死亡的这些与她生命有关的亲人，还为她刚刚40岁的年华。

我知道，用不了一天或者两天，她的亲人便会为她举办一个简短的告别仪式。在那里，有一个人会对她的一生进行简单的总结，一些相干的人会为她送别，然后，会匆匆地握了她亲人的手，表示一下安慰。面对着仪式、告别或者种种的表情，她一定也会安安静静地躺在那里，一言不发。

生命是有长度的。这个长度，是以时间为单位的，而死亡却拒绝了时间的流逝。

当我们来到这个世界的那天起，便在进行着一生的等待。

这种等待或长或短。

这种等待或悲或喜。

在等待中,我看到有透明的时间在流逝,有看不见的生长和死亡,有看不见的敞开和关闭,也有看不见的擦肩而过和蓦然回首……

我又想起了美国女作家奥德丽·尼芬格的小说《时间旅行者的妻子》中亨利生前留给他妻子的信中的最后一句话:"我爱你,永远。时间没什么了不起的。"

是的,时间没什么了不起的。

与生俱来

生命中,有许多是与生俱来的。

那些绵绵的脆弱是与生俱来的。

那些对于"前世、今生、来世"的思绪是与生俱来的。

那些特有的自恋,也是与生俱来的。自恋的热情,总会不时地把自己烧成一把灰,灿烂最耀眼的夜空,干净,清澈,临水照花……

对于文字的热爱,是与生俱来的。杜拉斯说:"如果不写作,我会屠杀全世界的。"因为文字,我拥有了那么多的颤动、忧伤、绝望、喜悦,我也更清楚地一次次看到另一个自己:饱满、空灵……正如杜拉斯所说的:"在文字中,我延伸着我的暴力,让爱情窒息到无处可躲,使我想哭的是我的暴力。"文字如一把钥匙,它凛冽、轻盈、清凉……它打开我的生活之门,打开我的心灵之门,也打开我的时光之门。因为它,我看到屋里铺满了时光的苍绿味道。这种味道,让我如此寂寞,又如此华丽,如此绽放,又如此丰富。还是因为文字,它让我发现人是值得活的。如果有谁再给我一次活的机会,我将欣然接受这难得的赐予。

与生俱来,与生俱来,有太多的与生俱来在我们生命的上空。

而生活中，考验无处不在，像冬夜的风，不饶过每一个人，而我们，避无可避，必须做出最艰难的选择。正如低头做人本身没有错，错在头低得多了，连腰都弯了下去，于是，尊严也就没有了。这样得来的不是别人的尊重，而是无穷的轻蔑与愚弄。事实证明，生活是个势利眼，他眼里只有高高在上的人，要想让他瞧得起，你就得直起腰板做人。成熟的种子总是面向大地，我们也因为敬畏命运而深深低下我们的头。但低头的时候别忘记，我们背上那沉甸甸的尊严。

同样一个人，有人将你抬得很高，有人把你贬得很低，其实，你就是你，你究竟有多大出息，取决于你到底怎样看待自己，更取决于内心那些与生俱来的感受与品格！

走近田野

"瞧，骆驼。"

孩子惊奇的叫声让车上每位昏昏欲睡者都抬起头来，四下张望。

车外是如火的骄阳，远远看去，峰峦在远山汹涌。

车子行走在树影之间，似乎有小小的风吧，路旁的树叶，斜成了一个个旷远的手势，树与树的秘密和雾霭般飘荡的情绪，在烈烈的阳光下，渐行渐远着。

看清了，正在慢慢地移动着的骆驼，是一个背负了大堆麦捆的人，因为负重太多，所以，让幼小的孩子误认为是骆驼。

一车的人都笑了。但我的心里却流淌了酸酸的味道。

从什么时候起，我们的孩子，我们生长在城市的孩子，分不清麦苗与韭菜早已不再是笑话了。

那么，我们呢？我们的生活中，有些什么消失了或者正在消失着，是再也找不回来了的呢？

远远看去，正是麦收的时节，农人们正在田里忙碌着。脚下是金黄的麦田，天上是如火的骄阳。

他们，这些农人们，此时，他们的心里，是存着收获的喜悦还是劳动的艰辛？那远远近近滚滚而来的金融风暴，在他们的心里会不会也掀起层层的浪花呢？

此情此景，让我想起更多的是罗姆·大卫·塞林格的《麦田里的守望者》。看过多遍，但最喜欢的，还是一本盗版的。虽然知道是盗版，却因为那美丽的封面，我还是立即买了回来，并作为永久的收藏：封面是一幅撼人心魄的油画，通幅的暗绿色中，一位残疾的少女，正匍匐在麦田的边缘，遥遥地眺望着什么。

这样的画面，看过第一眼之后，让我的心底升腾起一种叫做疼痛的感觉。即使久远到今天想起，那种疼痛的感觉仍然尖锐地划过心头。岁月留下的细小线索，让我们不要忘记，人生中那些最糟糕的，可能也是最好的时光。

"我们活着，只是为了相互温暖。"那个温婉而真挚的声音仍然回响在耳边，让疼痛着的心得以慰藉。

车子继续在小路上行驶。那些农人，那些热浪，那些关于疼痛的记忆和感觉都隐忍在心间了。

山路也并不是总被树木覆盖着，总有几处是空旷的，从空隙中看蔚蓝的天空，有洁白的云朵悠然而过，远山的轮廓也可以隐约看见，如同起伏的温柔的曲线。一条小溪时隐时现着身影，隐约可见清溪中圆而光滑的石块。假如用手捧一把溪里的水，应该是有着说不出的清柔吧。如果让水从指缝中慢慢地溜过，一定会感觉到一种轻轻的抚摸吧。这样的美妙，会让笑跌进心湖，激起层层的浪花吧。

"我见青山多妩媚，青山见我应如是。"朋友陶醉地念出这样的句子，是再恰当不过了。微闭双眼，穿越时空的烟尘，我似乎看见那位白衣飘飘的辛稼轩，正叩山为钟、抚水为琴时的那份惊喜与惊奇。

"我见青山多妩媚，青山见我应如是"声起处，尘世的纷扰尘屑般远离了每一个无辜的生命，明媚着的你和我以及快乐自得的词人，也都端坐于远离尘嚣的风景之中了。

美好的，如同一个梦。

然而，这样的心境，这样的真实，这样的自得，正在悄然消失着。生活中，我们见证着一种生活习惯的消失，一个朴素心情的消失，一种善良的消失或者一种美德的消失，然而，我们却无法完整地、真切地说出这种消失来。

正如我走近田野时的心情。

合欢,合欢

对于一个词的迷恋,让我的心,久久地沉醉。

合欢,合欢。每一次说出这个词,唇齿间一同呼之欲出的意象是:热闹,寂静;繁华,废墟;安谧,悠闲。温柔纯净,仪态端淑,或者虚灵的、缥缈的,细腻而舒缓的,让人在触摸中感到的亲和温暖的,有着温和但是又不容拒绝的意味。还有,绚烂。是的,绚烂。我固执地喜欢这样一个视觉效果极佳的词语。因为,在这绚烂的背后,是时间的积淀,所有的徐徐绽放,都是为了某一刻响亮或无声的坠落。

　　我与君同生,君与我同老,愿与君同好,日日相伴老……

合欢,最是情爱纯真的写照吧。不由想起明代诗人计南阳词《花非花》来:

　　同心花,合欢树。四更风,五更雨。画眉山上鹧鸪啼,画眉山下郎行去。

一夕风雨癫狂，爱似柔情蜜意。两情缱绻，恨夜短昼永。爱如合欢羽叶，暮合晨开，聚散有时。迟迟离别，执手劳劳，殷殷嘱托。诗歌情意绵绵的意境构筑中，风姿绰约开满同心花的合欢树，正是同心永结、爱情欢洽象征的具象呢。

　　每到夏季，当白昼变得越来越乏味的时候，合欢花就悄然开放了。清香寂静，淡雅依然。

　　山涧，路边……风起处，粉红色轻盈的花朵，灿若云霞，那么细微，委屈或者孤单。满树晃动着的红烛，如霞锦般缀满了细碎的羽状叶片织就的婆娑树冠，摇曳弄姿，远看似姑娘白嫩脸上的一抹红晕，密密的流苏般集聚了丝丝的情，柔柔的不盈一握。幽幽香透，缥缈花叶间，风拂花叶，最初是"咚"的一声，明净清妙的单音仿佛发自幽深的溶洞里的一滴水珠，之后，"叮咚，叮咚"，最后汇成一条如诗如梦的音乐小溪，带着轻松与欢快，从干涸的心田潺潺流过。

　　于是，律合清妙天音，清影曼舞轻扬。也有开累的，便趁着一阵微风从枝头缓缓飘下，一身的娇艳让人的脚不忍践踏。若是在蒙蒙细雨中，举着雨伞、在合欢树覆盖的林荫道上行走，便会被雨所赋予花和树的那种朦胧美深深地吸引着。那一丛丛、一朵朵形如焰火的绒伞，粉中带白、白中带粉地点缀在绿色的叶冠中，将茂密的树冠变成了天女散花的场所，那悠扬、婆娑、朦胧、青翠的姿态感染得心旌摇荡、心胸朗朗。夜月清风里，它把镰刀般的叶片成对相合，紧紧拥抱在茎枝上，成双成对、伴蟋蟀轻柔低曼的鸣唱，默默倾诉着悄悄的情话，抛却白天日晒的焦灼，犹如抛却了一日劳顿的夫妻相依相偎在爱的空间，即使狂风骤雨电闪雷鸣也在流言中固守爱的诺言：永不离弃。

　　不由得想起唐代韦庄的《合欢》来：虞舜南巡去不归，二妃相誓死江湄。空留万古得魂在，结作双葩合一枝。

江湄波涛，千年万载，合欢繁衍，几多春秋。合欢花，不仅仅是因为让人有种幸福的感觉，更因它的每一朵花，于淡淡的粉，艳艳的红中，都在展示爱情的美妙，诉说着忠贞的伟大：相传虞舜南巡仓梧而死，其妃娥皇、女英遍寻湘江，终未寻见。二妃终日恸哭，泪尽滴血，血尽而死，逐为其神。后来，人们发现她们的精灵与虞舜的精灵"合二为一"，变成了合欢树。合欢树叶，昼开夜合，相亲相爱。自此，人们常以合欢表示忠贞不渝的爱情。也就是从知道这个传说开始，这开着祥云般花朵的树便在我心里盘根错节。

　　合欢，合欢，清雅隽秀，不事张扬，总是在初夏时节露出清凉的笑靥，解郁安神，并总是停留在我人生的某些时刻，安静地躺在年轻的阳光下，散发着持久而美丽的光芒，在任何时候，都让我感到持续的温馨而美好，如同剩余在我生命里的温暖。尽管它有时已经凋落，但它们留存的时光，总是以宁静的手势，抚慰着我忧伤的心灵。

　　许多事情都是从等待开始的。许多的岁月因心灵的等待而变得情意绵绵，意味深长。

　　合欢，值得我们永久地等待。

　　岁月无边，我长久地站在合欢树下，一言不发。

流 放

心闲下来的时候，便站在窗前居高而望，随意安放着自己的目光，一处远山，一条街道，或者是悠然而过的浮云。于是，心便澄净出另一片天地来，在这样的澄净中，悠闲地度过大片大片的时光，此时，我会听到另一种声音，流动——流动着，最终被流失。

这样的时刻，我会久久地拥抱着自己，在久久地拥抱中，我感觉到来自心灵的温暖或者力量。

有人说，世界上只有雪和坟墓能够覆盖一切。然而，我却不知道那份来自心底的失望是如何能够覆盖了的。于是，便更多地想起了关于流放的文字来。想起那些永远被驱逐出社会与家庭之外的流放者，大地承载着他们行走的脚步，上天俯瞰着一路踉跄的身影；想象着那些枷锁在身，竹杖芒鞋，千里投荒的身影，一路上会有多少艰险，孤寂与悲苦无依的心里，一定有着无法言说的悲凉或者绝望，悲愤或者痛苦。在没有人间规则可循的荒远地界，死亡将何时或如何降临，而历尽艰辛所达的终点谁又能知道是怎样未知的苦寒或瘴疠之地呢？

生命是一个过程，是一个不断行走、不断流动、不断流放直至流失的过程。生活在这浮躁的时代，站在浮躁的岁月里，日子如水般流过我们的头顶,听不见任何的声响,而旧时的光阴,却泛着淡淡的黄和苍绿寂寂地站在岁月的深处。只有在居高而望或者独自拥抱的时候,才能嗅出逝去岁月的气息,它们被缠绵上一种物质或者味道,漂浮在暗香浮动的夜里,经典得如同一个又一个叹息。这样的时候,看着交错的街道上行色匆匆的人流,我常常流放着自己的心,让那颗苍凉的心在这片浮躁的脚步声里逆水而行,流动,流动,直至消失。

　　于是,我拥抱住自己,将内心这份温暖的力量抱满在怀。我悄悄地对这浮躁的世界说:无论生活多么的冷酷,请一定要微笑面对;无论怎样忙碌,请停下脚步,看一朵花是如何开放,如何凋落的,因为,一花一世界。

　　在苍凉与不甘中,在寂寞与忧郁的光泽中,任灵魂漫无边际地游走,我看到躲在尘世眼睛后面,心灵流放的背影。

　　夜在衣衫的外面,更加深刻;而忧伤,如同水一样四处弥漫。

让心腾出些空间温柔地感恩

当看到年轻的手臂搀扶着苍老的身影的时候；当看到母亲注视着自己的睡梦中的孩子的时候；当看到匆匆的脚步为街头伸出的一双手臂停留的时候；当看到繁华的闹市里牵手漫步的夫妻的时候；当看到书店里席地而坐，静静捧读的年轻的脸庞的时候；当看到早晨第一缕阳光爬进窗棂、当晚霞投到静静的河面、当面对平静无波的大海、当一段美丽的文字迎面扑来、当寻常的日子依旧的时候；当早上挥手说"再见"，晚上又回来的时候；当白发的母亲絮絮叨叨数落自己的时候；当生活在同城的女友电话相约喝茶或逛街的时候；当对面的陌生人投来淡淡的微笑的时候……我的心里总会涌起一种情感——这种情感叫做感恩。

每当我读这两个字的时候，总是放低了声音，徐徐从心底里柔软的地方吐出，怕惊碎了那一层薄而透明的温情。

是的，生活中，我总生活在感恩之中。

感谢生活中的那些友情，它让我的生活温润而美好；感谢生活中的那些不友好，它让我反思自己的过错、发现自己的不足；感谢生活中美好的一切，它让我放达、从容而高雅；感谢生活中所有的丑陋，它让我时时沉思，并学会睁大一双明辨的眼睛；感谢生活中的顺境，它让我从容实现人生的许多理想；感谢生活中的逆境，它让我拥有了跌倒再站起来的勇气；感谢生活中的得到，它让我懂得了满足和珍惜；感谢生活中的失去，它让我对生活充满了希望、向望和豁达平和的心……

因为感恩，在阴霾中能够感受阳光，在燥热里可以体悟清凉，把寂寞绽成花朵，把天涯变成咫尺；因为感恩，我便更多地热爱着生活中过往的一切，更加珍惜不可重复的时光；因为感恩，我会细细体会每一点快乐，学会思索人生、磨炼自我；因为感恩，我把所有的经历当作人生的财富，学会坚强、学会解脱、学会安慰；因为感恩，爱惜就在不经意间发生；因为感恩，不经意间，泪便会打湿眼帘。

因为感恩，我懂得了"只要不抱怨生活，生活就会给你很多""只要我们心怀勇气和自信，就仍然有机会来弥补从前失去的一切，只要心里洒满阳光，一切都会好起来"的道理。

每当我读《老人与海》这本书时，我便对海明威充满了感恩之情，虽然他曾两次受伤，患有高血压、皮肤癌、糖尿病、抑郁症、失眠症等多种疾病，但他依然坚持写作，并说出了"反正我们都欠上帝一条命"的经典之语，让我洞悉了这位文学巨匠对死亡的超常认识。

在浮华的尘世中，我又是怀着怎样感恩的心情从马思聪的《思乡曲》出发去寻找自己的故乡？在那如歌的思乡主题旋律中，我明白了故乡之于人的意义并不仅仅是一种地域上的眷恋和怀旧，更在于一种文化、一种精神上的血脉维系和灵魂的回归。在《思乡曲》抒情的慢板里，我还会想起马思聪最后的日子里，当他泪流满面地听着贝多芬的《命运交响曲》时说：让我哭个够吧！——这个世界很美！

"这个世界很美！"只有在内心深处深爱着故土和亲人，深爱着生活和艺术的人才会真正感知到这个无情世界的美丽，才会在历经苦难之后依然发出对生活、对世界的感恩之情！

莎士比亚说："人生如痴人说梦，充满了喧哗与骚动，却没有任何意义。"

然而，如果人生充满了感恩，生活又会是怎么的一个样子呢？

想起了一位伟大的母亲——现年41岁并获得1989年英国自由滑冰锦标赛冠军，长达10年成绩一直名列世界前8名的珍妮，当她突发脑溢血死亡后，靠着呼吸机，依然坚持"活了"48个小时。当女儿的哭声响起，当医生宣布孩子的各项指标都正常后，依然戴着呼吸机的她，心脏在瞬间停止跳动，柔软温热的身体，很快变得僵硬冰冷。她再一次向世界证明了超越死亡的母爱的伟大之处，让我们再一次对天下所有的母亲充满了感激之情；想起了一首叫做《一碗油盐饭》的小诗：

前天，
我放学回家，
锅里有一碗油盐饭。

昨天，
我放学回家，
锅里没有一碗油盐饭。

今天，
我放学回家，
炒了一碗油盐饭，
放在妈妈的坟前！

在这首短短的小诗里,我感动于两个生命字里行间的对话,更感动于在贫寒与凄苦中竭尽全力留给后人的那份仁爱、温馨和慈善,感动于这份人性的光芒;记起了《罗马帝国衰亡史》作者爱德华·吉本说过的一句话:我是多么感激小儿麻痹症,它只是伤害了我的脚,却永远不会侵犯我的心……

心灵之所以纯真,世界之所以美丽,时光之所以珍贵,生命之所以年轻,都是因为感恩,一个鲜活的人生,不能没有感恩。

春依旧是春,夏仍然是夏,岁月匆匆反衬出生命匆匆。在匆忙的人生中,很多的时候,我们悲伤着无缘无故的忧愁,烦恼着庸人自扰的烦恼。那颗曾经温柔如水的心,随着生命的逐渐增大而填满了欲望、名利、得失、焦虑和苦恼,以至于没有空间存放感恩……

试着感恩吧,用自己的心作画,染一片色彩,为自己的人生喝彩;试着感恩吧,用善良作画,送一片阳光,为他人的生命助威;试着感恩吧,在感恩的过程中,让生活结出快乐、幸福、同情和友爱。

静静的窗外,飘来了一首歌:

　　……感恩的心,感谢有你,伴我一生让我有勇气做我自己……感恩的心,感谢有你,花开花落,我一样会珍惜……

我记起了,这首歌的名字叫做《感恩的心》。

那一地细细碎碎的阳光

坐在二楼宽大的藤椅上,端一杯散发着浓香的咖啡细细地品味,微微的,就有些醉了;或者,将淡淡的几片叶子泡在水里,慢慢地释放出茶香时,清浅的绿色便沏出了一片一片的阳光。在这样清浅的绿色里,能听见山风,能感受到山泉,能喝上一杯茶的日子就是一段好时光。

一抬头,便是淡蓝色的天空。几丝浮动悠然而过,淡金色的阳光,细细地倾洒了下来,照在身上,便生出无限的暖意,使人陶醉在一种真实可触的幸福里;门把手、楼梯、盆栽、窗户,所有的一切,如同散落在角落里不起眼的碎片,那些暗香,经过暖阳的照射、传递,安谧而静美。挂在四周用作门帘的、沂蒙山特有的蓝色印花粗布,轻轻展示出纯正的蓝色,一下便让人想起竖排繁体字版的《诗经》里面的蓝来:"终朝采蓝,不盈一襜,五日为期,六日不詹。"这种不事张扬,安静、谦和,素雅质朴的情态,让人觉得尊贵安静踏实,而充满了内在力量的母性的色彩,一直是我所喜欢的。它的内敛与慈爱,像一个经历风雨的老人,坐在晴天的树下,一抬头,就看见天,看见云。正如我此时抬头望去的:天是蓝的,云是白的,多么巨大的蓝底白花!竟生出丝丝的困惑:是蓝色的粗布,让天空更加高远？还是高远的天空，让蓝色的粗布更加纯正？再看去，点缀在各处的绿色藤蔓上，细细碎碎的阳光在斑驳中闪烁着光芒。不远处的一对小情侣，各自抱了一本书，在阳光里安享着这一份阳光，连空气中，都是温暖的味道；楼下宽大的木桌上，几位书画家挥毫写意正浓……

这个温暖而诗意的地方叫青春部落。

生活的今天，大大小小的咖啡屋、茶舍林林总总，以不同的风貌站立在这个钢筋丛生的世界上，随处可见：它们像一幅幅风景，或婉约秀丽，或气势磅礴，或细致精巧，或古意盎然……成为灵魂流动和休憩的地方，是一座城市人文风景的窗口，也体现了一座城市文化内涵的缩影。因为他们，我们这块钢筋水泥盖成的大地才显得不那么粗糙和荒凉。

然而，更多的咖啡屋、茶舍，功能或装修大多雷同，在不同地域，不同时段走进后，总让人生出一种困惑：刚刚来过的。但走进"青春部落"，却一点都不会有此乡是彼乡的感觉。在车水马龙的都市里，这座临街而立、别居匠心的两层小楼，就这样安静淡然地站在沂蒙路的南端，"青春部落"几个字，更是娴静轻盈地立在冬日的寒风里，端庄内敛而淡然，有着一种不疾不徐，从容的安然闲适。当你走近的时候，便会长长地呼出一口气，脚步随之就会慢下来，心也便会生出一份欢喜来。

与别处不同的，是门口一排红色的灯笼。如果是白天，伴着掠过的微风，灯笼们会轻轻摇动，远远看去，便会生出无限暖意；夜幕四合，它们便安静地排列在一起，或者在雨中，或者在风里，总是给内心焦灼不安的人以静谧、安详。

推开两扇朴素的木质大门，便是一个小巧精致而有几分古典的院子。院子的顶端是用玻璃封闭而成的，这就使得小院有一种辽阔的高远，以及与阳光接近的美妙。迎面是木质的吧台，里面女孩子淡淡的笑容,就像整个院子里四处可见的阳光,不浓烈,却温暖宜人;院子的正中,是一个几米长的宽大的几案,宣纸早已铺展开来,墨香四溢;院内随处可见的是高高低低的书架、书橱,里面是琳琅满目的书籍,错落有致、柔和而安宁;最让人心动的,是西侧依墙而建、窄而别致的木质楼梯,一眼眼地看上去,便会想起"步步生莲"的句子来;再沿楼梯轻轻上到二楼,更会想起《牡丹亭》里的杜丽娘。想那无忧无虑、闲适从容的丽娘,日常里,一定是在有着这样细细碎碎阳光的闺楼上,赏赏花、听听音乐,一任裙角在窄窄的楼梯上拂过,风来摇曳,小蛮腰在裙子的皱褶里悠悠荡出去,然后再悠悠荡回来——步步生莲的美啊,要多诗意就会有多诗意。

  在藤椅上小憩,便会有暖阳自天而降,喝一口清幽的香茶,便会有"楼台静,帘幕垂,烟似织,月如眉"这样浅浅的诗意;便会想起儿时姥姥家院里的葡萄架,想起葡萄架下一个个美丽的夏天以及夏夜里那一个个美丽的故事。

  院子北面的房间,则是与这儿完全的不同:一间间或大或小的房间,是安静的、私密的。浅色的木地板,宽大的沙发,明亮的窗棂,柔软的窗帘,开阔的风景,每一间都有一种家的感觉。这里的氛围也是让人放松的:木质的书架、林林总总的书籍。伴着浓浓的书香和阅读的快乐,你可以在这里窝上一整天,听音乐、品茶、阅读,随你喜欢的方式。除了大量的书籍,这里还有书案,可以自己动手书写、画画。之后,还可以把自己的作品装裱了,在院子的四周挂出艺术的造型来,抑或是举办小型的研讨会,让喜悦在细碎的阳光里,感受到清淡里的那份隽永悠长。

  这里,应该能容纳上百人吧,可是却感觉不到喧嚣。如果愿意,可以听得到天籁的声音,可以听得到泉水的潺潺细流。其实不是空山不见人的静,是远离了城市喧嚣的心的宁静,宁静到仿佛涤荡了心里的尘埃。

是的，店外就是喧嚣的世界，人潮倏往忽来。这一刻，用一本安静的书，将喧嚣屏蔽在心灵之处，更有着网络阅读代替不了的安心：在浮着淡淡油墨味的空气里，在三两看书的人中，仿佛有若干条通往生活的分岔小路，人人都在纸页的温度中寻找属于自己的那条路。而这一刻，我更愿意，把每一份于岁月里捧书展读的安然，看成是一朵四月的花蕾，芬芳出生命的果香，浓烈醉人。

　　"是谁传下这行业，黄昏里挂起一盏灯。"我喜欢台湾诗人郑愁予的诗歌。"我笑，便面如春花，定是能感动人的，任他谁。"三毛，除了一个走遍万水千山的迷人背景，她的话更是一直感动着我。

　　生命像一条从深山大谷悠悠淌过的河流，一路兜兜转转，转出一块块平坦开阔的沙洲来，上面柳碧桃红，田畴如缎。而此时，更让我感动的，是这里的安静、书香以及细细碎碎的阳光，而这一地的阳光，醉了人心，醉了这静好的岁月。

这样的幸福

这家异域的露天餐馆,坐落在大海的旁边。

是一个黄昏。散发着清香的紫藤,缀满了舒展、饱满的花萼,紫红的、胭脂红的,羞羞怯怯的,如同依人的小鸟,愈往上愈多,连成了花的海洋。海风一吹,整个"海洋"便大梦初醒似的徐徐落下,如同红的、紫的雪花,飘飘洒洒地氤香了夕阳正烈的傍晚。

花香里,白色的桌椅。几样清淡的小菜,规整地放在精致的雕花小盘里,高脚杯里盛满了洇红的美酒。对桌而坐的,是一对满头白发的夫妻:男的高高帅帅,岁月风霜留下的是无限睿智和风趣,忧愁只在千里之外;女的小巧玲珑,岁月带走了的是一份沧桑,留下的是一颗透明的童心。他们用看得见杏花开过,玉兰又开,见那婀娜的柳自在风中快乐舞蹈的眼睛,不时深情注视着对方,永难磨灭的日痕月迹清晰可鉴,没有一丝烟尘。面对一片沧桑,他们静静地听着心灵的回声,一任对方在各自心灵的画板上,勾描出往事的轮廓,涂抹温情的色彩。

长亭外,古道边,芳草碧连天;晚风拂柳笛声残,夕阳山外山;天之涯,海之角,知交半零落,一杯浊酒尽余欢,今宵别梦寒……

小女孩清清的童音唱着的老歌传得正远,那样落寞哀婉的调子在儿童的奶声里吟唱出来,更多了一份哀凉和人世的无常,望着眼前不断涌来荡去的海水,竟不时有着晕眩一样的迷离。

啜一口酒,他轻轻说起年少时的她曾经暗香盈袖、曾将青梅嗅的女儿态来,说起曾在春色里一任花香满衣,曾在月满西楼时临水照花,曾倚栏时看雁字成阵,曾在玉瘦香浓时将翠帘低垂……他说得热烈动情,她听得泪眼迷离;她记起了他对她平平仄仄的牵念,记起为她窗前种满的梧桐,园中绽满的芭蕉。那叶叶心心的缠绵,那点点滴滴的呢喃,如同他的爱,伴她听暮雨潇潇,看云起霞飞……

现世安稳了。

他为她披一披滑落的披风,她为他夹起一只最大的蟹子,他却又轻轻送到她的碗里,两手相碰,相视一笑,多少柔情,尽在不言中。

"我真后悔……"夕阳照在她苍老的脸上,让他的心生出一份痛惜,不由抓了她的手问:"为什么?"看着他急切的样子,她呵呵地笑了起来,伸了手点一下他的额头:"我呀,后悔为什么不早认识你。"他松了一口气,将身子调整到更舒服的位置:"在我们刚出生的时候?当护士抱我们走出产房,在走廊里相遇,看着你顾盼的眼神,我轻声对你说'执子之手,与子偕老'……"顿了顿他又说,"其实,你应该感谢我。其实,前生,我们就相爱过。那时,我们都是武林中人,你是那种笑可倾城,嗔可夺命的美女。那时,你中了'一丈红尘'的毒——这是一种致命的毒,而解药却是我的心。那时,我毫不犹豫地献出了它。所以,今生,你发誓偿还我的心。瞧,你的笑,依稀有着前世的妩媚,心依然是当时的玲珑。但今生里,我不想再是一丈红尘，我宁愿，是你贴身的小衣。"他的手紧紧地攥着她的，柔软而温暖。

"我知道，我们是有关联的，前生前世，今生今世，或者，来生来世……"她走过去抱住了他，如同抱住自己过往中所有美好的日子。

夜已经不声不响地来了。

仰望苍穹，看着闪烁的繁星，像极了一把碎了又锔合的古壶。哦，宇宙，是谁摔碎又捧起？此刻把握在谁的手里？

写到这里，我的眼睛不由泅湿了起来：因为我希望，我就是这对白发夫妻中的一人。

曾经，你是我生活的希望，也终将成为我的回忆。成为年老时，扔在炉子里的一根火柴，让我的余生充满暖意。

过 年

　　一迈进腊月的门槛，寂寂的山村里，年的味道便一天比一天浓了起来。

　　男人们已不再如从前般日出而作，日落方归。他们高大的身躯更多晃动在自己的家中：每隔五天，他们便要从离家不近的集市上买来过年所需的物品，再把这些东西细心整理好，该洗的洗，该煮的煮，该晾的晾，然后再认真清点所缺物品，等下一个集市时一并买回；许多东西是要用力煮的，因此，抽了空，他们会为家里准备一堆如山般的木柴。这时候，女人也是一年中最忙的时候：老老少少一家人从头到脚的新衣需提前定做，自家的男人还有孩子总不能输给人家；要备好全家过完年直到正月十五之前的所有饭菜。于是，她们的日子便总感到不够用，只好每天天不亮便忙在厨房里：蒸上一笼一笼的馒头，做下一箩一箩的糕点，炸出一篮一篮的肉，制上一包包的豆腐……

　　这个时候，孩子们是最轻松的了。早上不用再如从前般天不亮就起床，更不用辛辛苦苦听老师的教诲，也不用再紧紧张张地面对没完没了的考试。反正一切都可以从明年开始。于是，他们便尽可以早上不起，晚上不睡，约了三两个同学朋友，找个下雪的日子打打雪仗、堆堆雪人……

这样的日子一直忙到腊月二十三，旧日的一年是再也不能忙下去了。于是，在这一天里，家家户户把厨房打扫干净，不能再动烟火，称为"辞灶"，也叫"小年"。这样的日子是需要庆祝的，因此，家家户户便"小范围"地张灯结彩，吃顿团圆饭。从第二天开始，全家人的衣物都需要彻底清洗干净，家里家外更要干净清爽。于是，女人便整天把双手泡在洗衣盆里；抽了空，女人还要修修面，洗洗澡，做做头发。一年里，也就这几天，自家的男人可以从容地欣赏自己，更是在众家亲友面前露脸的时候，自然不能马虎；一家人的新衣还要取了来试，虽然很称心，但还是要等到春节后的第一天才穿，便只好放在枕下。最等不及的，怕是孩子了，他们会一天问上几次，让感到还有好多事情没做完的家长心里更感到时间紧迫。对联是不能不写的，红红的纸上，写的满是一年的祝福和对来年的祝愿：院门、屋楣、衣柜、粮缸、菜橱，透着喜气和热闹；自行车、摩托车或者是家里的农用三轮，不但有"好人平安"的祝福，更会系上一朵火红的绸花；就连院子里的那棵大树，也缀上了家人的祝福……许多人家还会买来五色的彩灯，当院挂了起来，屋里飘来飘去的气球，并不真就是孩子闹着买来的，许多童心依然的家长也如孩子般欢天喜地牵了回家；心灵手巧的姑娘或媳妇还会剪出一窗窗的窗花或一墙墙的热闹。当家家户户张红贴绿的时候，年也便真的来了。远远近近的亲人围坐在一起，最上面坐的，一定是一家之主。望着眼前与自己血脉相传的一桌人，看着丰盛的饭菜，听着窗外传来的鞭炮声，过年的气氛也便达到了最高峰。于是，端了杯的"家长"便忍不住来上一句"咱这一年啊……"酒没喝，人却早已醉了。

吃过年夜饭，一家人便在电视跟前一边守岁一边包饺子。饺子大多是荤素两色的。因为，来年的第一天，是要吃素的，这样可以预示着一年清清爽爽，不会有什么烦心的事情找到自己的头上；有的人家还会在饺子里放上几枚洗净的硬币，在新年的第一天，吃出硬币的人便会有一个美好的开始。这时，最热闹的要数孩子了。他们比赛着放着各式各样的鞭炮，放出一年的欢喜，更放飞自己的骄傲；虽然他们曾发誓要守岁到天亮，但往往过不到半夜便会沉沉睡去，以至于父母把守岁的饺子端到桌上，他们也只是闭了眼吃不上几口便倒头睡去。但在他们，好似只睡了一小会儿，便又会被父母摇醒——新年的第一天可是马虎不得的。父母准备好的红包是早就压在了孩子的枕头底下了，穿上早已试过几次的新衣，喝上一杯糖水，新年的第一天便从甜蜜开始了。走在街上，到处都是热情的笑脸，到处都是开心的话语。大家要把去年就憋在心里没说完的祝福话说个尽兴。最最高兴的要算老人们了，平时冷冷清清的家，这时却聚满了人：自己的儿孙，关系近些的侄男侄孙，远远近近地都会赶了来，直把老人皱巴巴的脸笑成了一朵九月的菊花。

　　从春节的第二天起，大家便要带上礼品走亲串门了。于是，寂寂的山路，便热闹了许多。每当这时，各家各户都会在心里仔细算计着来往的亲属和需要"打点"的人情。有时，也会有意外的时候，平时并不亲近的人家，这时却会带了两瓶酒，几斤点心，走山过水远远地来了，于是，这意想不到的惊喜会让主人从心里对他多了份亲近和感激，便会倾其所有地拿出节前准备好的饭菜，温上一壶老酒，慢慢地喝了开去；过不了一天，主人也会带了数量相当的礼品再回了过去，于是，并不亲近的两家从此便会亲近了起来。在来来往往，吃吃喝喝中，一个个山村热闹了起来、一家家农户亲切了起来。这样一直过了正月十五才算把年过完。

　　也许是为了对年的一个总结吧，十五的时候，家家户户便会燃起各色的彩灯：最常见的是用萝卜做成的灯了，大的小的，装满了花生油，点了放在自家的每一个角落；许多心灵手巧的女人，还用面蒸出各种各样的灯：龙、凤、兔、鸟……一直在旁边看着的孩子，便会嚷了让妈妈做一些动物给自己。做母亲的会顺手做出一些动物，顺便放在锅里蒸了，于是，蹦跳着的孩子们便会拿着手中的动物，比了起来……

傍晚时分，家家户户便灯火通明了起来，远远望去，寂寂的山村里，那一簇簇的灯火，真如天上的星星一般。于是，三山五岭里便星星点点了起来。孩子们还会找出自家用旧了的高粱秆做成的锅盖、炊帚等，到旷野里用火点了，再比赛着把它们扔到天上……

伴随着渐远的鞭炮声，年，便慢慢地走远了，生活又恢复了往日的样子。但又一年的春节，仍然会在孩子们的期盼中慢慢地走来。

第五辑

低下头便是人间

一样的阳光

一朵一朵的玫瑰花，虽然没有养殖的那种肥硕、精美，却也是经过精心挑选了的。心形的花蕾如同含羞着的少女，还保留着在旷野时的微紫的红色，全都挨挨挤挤、安安静静地呆在一起，恰如正在热闹处，见有人来，突然地闭了口，低了眉，眼睛的余光却不停地看向周围，似乎只等造访者前脚一走，便会迫不及待变成一个个着粗布衣裳、巧笑嫣然的村姑。那闭合的花蕾，似欲说还休的心事，张张扬扬地与我撞了个满怀。

选了6株艳丽的花朵，轻轻剥去最外层的花片，想象着她们开在野外的样子，想象着采花的女子在花丛中与女友笑谈、采摘的情景，想来，蝴蝶错认了她们的脸颊，一定也是极美的情境吧，就如此时去掉外层的美丽花蕾一样。我把刚沸的开水冲到紫砂壶里，然后把她们放进去，立时，花儿们轻轻地翻转身来，在滚开的水中甜美地绽放，仿佛沾上了露水，慢慢地，吐出一片花瓣，如噙着的微笑，就那么矜持地笑着注视着我，慢慢地吐露出深藏未放的一段幽情，浮沉之中，浸了一杯的香。

淡淡的清香飘过眉宇，流过心间，袅袅升腾。

在茶香的氤氲之中，是最适合读书的，啜一口香茶，我找出董桥的《旧时月色》来。

浅淡泛黄的封面的底色，正如温婉可人、优雅惆怅的旧日时光，看到它的第一眼，心便仿佛笼罩在月色里，所有能够刺痛心灵的棱角都化作微温的月光，安静地覆在苍茫大地上，恰似陆放翁的诗："人间万事消磨尽，唯有清香似旧时。"其实，早在二十年前，我便读过《董桥散文》《从前》，字里行间萦绕着沉重而悠长的怅惘，体现出的恰如赫尔德的"乡愁是最高贵的痛苦感"。

"如果说语言是心灵的桥，那么董桥就是这样的桥了。"这句话浮现在我的脑海里的时候，其实，我还没有想到说这话的主人，我的目光正投向桌对面的高大的凤尾竹上。我的房间里全是绿色的植物，高低错落，尽收眼底，置身其中，有一种绿树浓荫夏日长的感觉。看看室温，19℃，而隔着纷繁红尘的门扉，董桥把自己浮沉生涯中那半窗绿荫和纸上风月，用淡淡碎色的文字呈现在我眼前，那古雅的文字，隐隐有着荷香桂影。不由又想起祝勇在《董桥是桥》里说出的另一句话来："董桥试图用中文的砖石架一座千年不倒的风雨廊桥，让所有寻找彼岸的人们，内心有了安全而温暖的投靠。"

这样想着的时候，我的目光投向了窗外。宽大的玻璃窗上没有常规所说的那些"白花花的太阳"，因为，它们早做过了"隔阳"处理，因此，抬眼看去，天空是透明的微蓝，如同我恬静安逸的心情……然而，当我的目光延伸到窗对面脚手架上正在劳作的工人们的时候，竟再也收不回来。

应该有十几个人吧，全都裸露着上身。我推了一下窗，"呼"的一声，一股热浪便涌了进来，手没来得及缩回而被狠狠地"烫"了一下，同时，我也看清了，那些古铜色的肌肤在太阳光的照射下显得黝黑发亮，头上似乎有一股股的烟，白花花的阳光重重地砸在他们的身上，隔了这么远，我似乎都能听到那太阳落下时重量的声响。记起来了，连续两天天气预报都在41℃。那么，地面的温度应该在

57℃以上吧，在这样酷热的天气里，他们还在一砖一瓦地劳作着。不由想起了两个民工来：有一位民工，没日没夜地把租住房子的小院整理好后，种了一院子的花，等乡下女儿暑假赶来的时候，正是百花齐放，姹紫嫣红，他用这样的方式表达自己对女儿的最真切的爱。另一位农民工替人装修新房，日夜赶做，某天带来了自己的女儿和妻子，女孩六七岁的样子，穿着朴素整洁，爸爸走到哪里，她就跟到哪里，爸爸这样，爸爸那样的，如小鸟般一刻不停。当主人知道孩子和女人是第一次来这个城市，便找了两张《阿凡达》电影票让她们去看。女孩拉了爸爸的手坚决地说："爸爸春节都没回去，我们是专程来看爸爸的。我们只看爸爸，别的什么都不看。"和风不语，至爱无言，他们这份朴素的爱，清纯如雨后清晨般的心境，让我的心盈盈浅浅。

我不知道，对面的十几个人中，有几位在艰辛的生活之中，为自己如花的女儿种植出一片美丽的花园。我不知道他们中，有多少位孩子也只想一心一意地"看看爸爸"。但我一定知道，他们以及他们的亲人，一定看到中央气象台发布的高温橙色警报，一定知道，他们的亲人所在的这个城市的今天"局部地区温度可达40℃"。这样的温度，一定也会如沸水般，烫在他们的心上吧。

《流言》《古庙》《旧日红》……董桥这位弄文高手，连文章的题目也像是一首首红尘往事的诗句，我不知道，这如诗的文章，是否经得起40℃的高温？在这样的温度下，董氏的天空，是否依然有那一片或朦胧、或朗润、或清辉的月色呢？

啜一口玫瑰花茶，不要辜负这些旷野的花魂吧。只是低下头来，杯子的玫瑰，早已褪去了最初的颜色。董桥的声音像轻风一样吹拂着我的心灵，但我的心不但没能沉静下来，反倒喧闹了起来。

那窗外的阳光，正是浓烈。

看到这浓烈着的阳光，又想起了美国女作家弗朗西丝·梅耶丝的《托斯卡纳艳阳下》这本书来。在那片艳阳下,有一座三百年历史的老房子,正是这所老房子,征服了所有的读者,使许多人爱上它并视之为归宿;也是因为它,才由此引发了意大利托斯卡纳的旅游热潮。在那片艳阳下,梅耶丝为世人展示了美轮美奂的牧歌般的意大利乡间生活。然而,此时,我所居住着的"局部地区"的烈日下,那些卑微着的生命,正经受着滚滚热浪的灼伤,这种灼伤,直至内心!

梦里周庄

江南水乡是我一个古老的梦。特别无意中看到"上有天堂，下有苏杭，中间一个周庄"的话后，便对至今完整保留着古老水乡集镇建筑格局的天下第一水乡——周庄充满了向往，那"只在心头，更在眉头"的情结一日日堆满心胸，挥之不去。总盼望在一个细雨的傍晚，当所有的店铺都已上好门板，我却独自走在万籁俱寂的小镇街头，尽情享受它特有的宁静、和谐、温馨、淡泊。在昏黄的街灯下，轻轻叩开沈厅或者张厅的门，随着大门"吱呀"一声打开，立即融进周庄那深深、香香、沉沉、静静的千年古梦里。

终于有机会走进位于苏州城东南三十公里处的周庄，让我细细领略小桥流水人家的那份恬美、幽静与和谐，却是在一个晴好的冬日。

虽然多了一份少雨的遗憾，但阳光下周庄的美景却多了一份明明白白的真切：古老的周庄四面环水，如同开在水面上的一朵睡莲。在这仅0.4平方公里的小镇上，竟有着近100座古典建筑和60多个砖雕的门楼。这里，因河成街，傍水筑屋。使我亲眼目睹了"水从门前过，船从院中行"的别样风景；更令我称奇的是，因屋而成的一步街。在这里，街西的邻居与街东的住户，站在自家门口便可握手言谈。在这里，河是路的一种，桥是路的延伸：富安桥、通秀桥、全功桥……林林总总，美不胜收。独立小桥，望着一幅幅美妙的"小桥、流水、人家"的水乡风情画，除了一种心醉外，竟一点都生不出"人在天涯"的断肠之感。

　　周庄于我，不但是一种风景，更是一种心情。走在周庄古老的青石板上，我细细辨认着哪一块青石曾是三毛所踏，哪一个门楼曾被柳亚子先生抚过，哪一处风景使古画家吴冠中发出"周庄集中国水乡之美"的赞叹，又是哪一方风景引来了著名建筑学家罗哲方"周庄是中国的一个宝"的惊喜。坐在三毛茶楼，举杯之际，我竟有了一份窃喜：手中的杯盏，可否还留有那位纯情真挚女子的淡淡唇痕？那曾令周庄蜚声中外的旅美画家陈逸飞的《故乡的回忆》，却让我更多了一份思量：那美丽相依的双桥，美的只是一种形式，少了的是动人的故事。在这温润的水乡，连空气都让人生出无限温情来，那相依的双桥怎么可以没有沁人心脾的故事和千年不绝的传说？何况，那方形的永安桥，不就是位健俊的青年？那与之相依的拱形圆状的世德桥不也有着几分江南女子的温润？也许，当初，一对相爱的人，因水乡的夜色而忘了回家的路，便一直留在了这里，近千年的风雨里、日夜不眠地守望着这古镇秀美的风光、古朴的风韵。是呀，与心爱的人朝朝暮暮守在一起，纵在天涯，也是一种幸福，更何况是在这秀丽的江南水乡？

　　"沉甸甸的石头，静谧谧的水，老老的房子住过谁？夕阳相随，渔家早回，桥边小船无人陪。独举杯，斟满天上月光辉，欲心醉却先碎。何时能相会，何日可面对？人，无法睡，一夜相思泪。"之后的日子里，总有浸过江南水乡温婉的女音飘进我的梦，一同入梦的，还有那水粉画般清雅秀美的古镇周庄。

四月的牡丹

庭院门前,田间溪边……走在四月的洛阳街道,无论是大街小巷,还是公园郊野,处处可见开得正好的牡丹;熙熙攘攘的人群中,不时会见年轻的女孩、少妇鬓间随意插着的一朵朵牡丹,与一张张青春的面孔相互映衬。诗人刘禹锡的"唯有牡丹真国色,花开时节动京城"的句子便会不时回荡在心间。这样的诗句,曾经沉醉了多少来者?而诗句中盛开的花朵,又曾经迷倒了多少写诗的人?

"春来谁作韶华主,总领群芳是牡丹。"牡丹绽放时,雍容大气,美丽中带着王者风范;凋落时,与众花不同,不是一瓣一瓣地凋零,而是整朵地从茎上脱落,带着几分决绝。千百年来,牡丹独有的艳丽与风骨,吸引了无数政客与文人发出唏嘘慨叹。李正封有过"国色朝酣酒,天香夜染衣"的名句,更有皮日休的好诗:"落尽残红始吐芳,佳名唤作百花王,竞夸天下无双艳,独占人间第一春。"北宋昭文馆大学士韩琦的牡丹诗中,又以"国艳"嘉誉牡丹。宋哲学家周敦颐《爱莲说》中写道"自李唐以来,世人甚爱牡丹","牡丹,花之富贵者也"。从此,牡丹便与"富贵"二字紧密联系在一起。欧阳修曾经说过:"洛阳地脉花最宜,牡丹尤为天下奇。"

除此之外,还有一句古话说得好:"种植好牡丹,必取洛阳土。"白居易曾经在自己的诗中写道:"……共道牡丹时,相随买花去。……一丛深色花,十户中人赋。……"真实地再现了当时牡丹盛开期间,洛阳"一城之人皆若狂"的壮观场景。欧阳修在其作品中写道:"牡丹出丹州、延州,东出青州,南亦出越州,而出洛阳者,今为天下第一。洛阳所谓丹州红、延州红、青州红者,皆彼土之尤杰者,然来洛阳才得备众花之一种,列第不出三已下,不能独立与洛阳敌。……谢灵运言永嘉竹间水际多牡丹,今越花不及洛阳甚远。"由此,"洛阳牡丹甲天下"之说流传开来。欧阳修的《洛阳牡丹记》,周师厚的《洛阳牡丹记》《洛阳花木记》,张峋的《洛阳花谱》,关于牡丹的专著更是数不胜数。

明著名画家徐渭题墨诗写道:"五十八年贫贱与,何曾妄念洛阳春?不然岂少胭脂在,富贵花将墨写神。"他也称牡丹为"富贵花"。清代菏泽赵世学写《牡丹富贵说》,他写道:"吾观牡丹一花,谷雨开放,国色无双,有独富焉,群芳圃中孰堪比此艳丽者乎?""即以牡丹之富贵言之,其富也,富而无骄,非君子而实君子者也;其贵也,贵而不挟,非隐逸实亦隐逸者也。"在历代绘画及各种工艺美术作品中,牡丹作为富贵的象征,与其他花鸟、山石的不同组合,就表现出与富贵结合在一起的不同的寓意。

"竞夸天下无双艳,独立人间第一香","甲天下"的洛阳牡丹是以颜色各异,花朵硕大,花型漂亮,花瓣肥厚,花蕊多重而遐迩闻名称著于世。座落在邙山脚下的洛阳国家牡丹园里数百种牡丹竞相绽放,红的娇艳,白的典雅,粉的柔嫩,黄的高贵。真正感受到刘禹锡的"花开时节动京城"的牡丹真容:醉西施、醉杨妃、醉红凌、二乔、藏娇、玉楼点翠、飞燕红妆、出水洛神、绿珠坠玉楼、黑桃皇后、蓝田玉、大朵蓝、一捻红、香玉等繁多的牡丹品种,一听名字就能让人迷恋沉醉,暇思无限。百花齐放,争奇斗艳,一朵朵娇媚惊艳,一片片风情万千的牡丹,令如云的游客赞叹不已:粉白似月,在羞答答地吐芳;红的如阳,在火辣辣地绽放。洁白似雪,在一片绚丽中圣洁如玉。蓝如火焰,紫如云霞。柔如锦帛,滑若粉黛。牡丹含笑,羞花闭月。牡丹吐芳,沉鱼落雁。"夺目霞千片,凌风绮一端。""画栏绣幄围红玉,云锦霞裳涓翠茵。"其间,黑牡丹最是令人赞叹,宛若一片绚丽中的两朵墨浪,黑红的牡丹美得深沉而凝重。"姚黄"富丽壮观,"二乔"翩翩起舞,"香玉"清香缕缕,"妩媚仙子"多娇……五颜六色的牡丹花把蜿蜒起伏的山坡装点得绚丽多姿。一阵微风吹过,阵阵清香便扑鼻而来,人立花旁,沾衣盈袖,令人微醺浅醉,备觉心旷神怡。

满目绚丽牡丹花,满园沉醉赏花人。洛阳牡丹的历史源远流长,牡丹的种类也不计其数。每种花名里都包含一个美丽的传说,每朵花心里都隐藏着一段优美的故事:姚黄牡丹鹅黄乳黄相间,看上去大气高贵,相传古时洛阳北邙山脚下的姚家培育出一种开黄花的牡丹。消息传开,姚家门前车水马龙,观赏者络绎不绝。后姚家奉旨带黄牡丹进宫,皇帝一看,大为惊讶,花色竟和他身上的皇袍一样鲜艳,不禁连声称赞:"真乃天下第一香也!"随即赐银百两,让其大量繁殖。从而这种黄牡丹就得名"姚黄"并成为名副其实的花王。

而被称为"花后"的魏紫,据说是宋朝宰相魏仁溥通过一株野生紫牡丹培育改良而得。是洛阳牡丹的传统品种。粉紫中透出亮白,紫红中透出贵气,通身彰显着花后的风范。正在赏花的时候,有五六对新人在花丛中拍婚纱照,洁白的婚纱见证着爱情的纯净美丽;准新娘或扶花巧笑,或顾盼生辉,展现了娇羞甜美的一面;女人如花,生发出男人对自己心爱女人的珍爱;万紫千红的牡丹,更有一种花前月下的古典浪漫;对视的眼神中,开心的笑脸上,甜蜜地咬着的耳朵,在蓝天白云下,与心爱的人双宿双飞,自由奔跑;阳光播撒在两人的身上,风中飘浮着花香,周围都被幸福所包围,在牡丹的映衬下，将两人的思绪带入美好的未来。美丽的牡丹见证并祝福着这些爱情的甜蜜和幸福。

千年帝都，跨越时空；一切浮华随时光剥落，牡丹花城，花开依旧。历经了兴废盛衰的洛阳，如今只是在从容与淡定之中迎接花开花落的轮回。

春暖花开

早晨起床，看到地面湿湿的，朋友的短信也紧随而至：

"小楼一夜听春雨，深巷明朝卖杏花"，一夜的春雨，明天，一定会春暖花开呢！

读着短信，看到被雨水淋得湿漉漉的路面，我的心也快乐了起来：经过了漫长的一个冬季，那些灰蒙蒙的天，如同穿不透光线的灰布帘子，总是让人透不过气来。而此时的心情，如这雨点，轻轻地滴落于一汪水滩中，尽管没有溅起美丽的水花，却也留下了酒窝般的笑靥，韵味悠长。

走在上班的路上，栀子花的灌木丛，装饰着沿河的绿化带，苍绿枯黄的叶，不算稀疏。夏日的夜晚，这里便是一场灿烂的花事，缕缕清香沁人心脾。只可惜，一路走来，并没有太大的变化，于是，低下身来，心里隐隐想找寻什么，仔细看去，竟惊讶地发现，朵朵嫩绿紧致的芽苞，米粒般大小，绽放在瘦弱的枝桠间。抬眼望去，路两旁常绿的榕树，伸着茂密的枝叶俯身探向远方，几乎覆盖了整条路。这粗壮苍劲的大叶榕，也会有一场美丽的等待吗？

无意中，细雨点撒在花前；无意中，在繁杂的事物中，又发现了一本好书，似一缕春风拂拭我疲惫的心，禁不住生出几多爱恋……

读着这样的信息，我的眼前又浮现出一张俏丽的脸，和每次联系时那一成不变的话语来：来吧，来看看我的书吧——好像书吧是她的女儿。

因为一场意外，她便真正拥有了一个书吧。

因为开书吧要有一定的经济实力——不仅仅要有开书吧的成本，还要有承受经济负增长的能力。因为书吧不是酒吧，不会爆满。而正在犹豫间，她却因车祸住进了医院。那一天，当昏迷不醒的她被推进手术室的时候，她的老公突然感到一阵恐慌———道薄薄的门，把夫妻两个分开，生死两隔的一刹，让他心痛万分。于是，就在那一刻，他下决心一定为她实现一个梦想。

她的书吧与其他人家的不同，临水而立，清雅古朴，古旧的木头家具散发出一种远离红尘万千的闲适气息。夕阳西下的时候坐在那里，蛋黄的日光，稠稠地透过窗来，流泻在木头地板上，慢慢地向屋的深处延伸，好像在延伸着快流逝的金色光影，延伸着最后的非常华丽、奢侈的暖意。

当日光很斜的时候，捧一本书，坐在橘黄色的光影里那种倏然被映亮的光芒，像杭绸一样柔和、美丽、飘逸。

如果是午后，临轩，独坐。书卷摊在膝上，眸光却慢慢地痴了。这时，如果再有袅袅茶烟，才最是让人生出一种雨打芭蕉闲读书的意境来。

如果是有雨的日子，那就是另一种意境了：前面是成片的河水，近处是环水的宽阔马路。雨，使世界透明而清丽。车流、人流在透明的世界里来来往往。透明的雨滴不时地洒落下来，只要我一伸手，就要接住那些纷纷的雨滴。然而，即使这样，我也知道，其实自己一点都无法把握住它们，就如我们的人生一样。

虽然我们无法把握一切，然而，却一点都不影响我们对生活的憧憬，恰如此时，看到春雨淅沥，便祈盼春花灿烂一样。

书中自有颜如玉。有书的每一刻，不都是花开春暖吗？

我是一棵秋天的树吗

> 稀少的叶片显得有些孤独,
> 偶尔燕子会飞到我的肩上,
> 用歌声描述这世界的匆促。

突然就听到张雨生的《我是一棵秋天的树》,干净的声音,透彻得直扣心扉,在有雨的秋日里,在他安静的声音里,一瞬间,秋就这样走近了,秋天的味道也便浓郁了起来,洋溢在心底的秋的意味也便慢慢延伸了开来……

对有浪漫情结的人来说,秋是一个最诗意的季节,它给人的感觉有一点落寞,有一点浪漫,有一点令人愁怆与回忆。正如人生中的早秋时光,浓绿与金黄相染,忧伤与喜悦相间,希望与回忆同在。

决绝喧嚣,回归宁静。

此刻,黄昏的风,依旧卷起尘土和细沙粒,带走我思绪的叶,任由风的起落,突然间我觉得自己倒是像极了他歌里的那棵树,内心里有了些许的落寞。

想起了世间的那些美。

想起了世间的那些丑。

想起了人世间那些无法言说着的人或者事。

也许这个世界的美与丑、善与恶就像白昼与黑夜一样交替着,像四季的转变一样轮回着。谁都无法改变这个世界的不完美。

> 我是一棵秋天的树,
> 安安静静守着小小疆土,
> 眼前的繁华我从不羡慕,
> 因为最美的在心不在远处。

哼起熟悉的老歌,我内心坦然了许多,就在心里为自己歌唱吧。

那么,做一棵秋天的树吧,也许缀满了果实,也许仅剩下枯枝,但这又有什么关系呢?

烟火人生

北方的冬天，应该是凛冽、尖锐、薄凉的，然而，已近年尾，冬却似乎相去甚远，连续两天竟淋漓地下起了雨，一刻也不曾停歇，绵绵地垂落着。风从门窗的缝隙中钻进来，有着薄凉的清寒。

西风独凉。

蜷缩在沙发上看书，看那一个个文字在舞蹈，舞出一份轻盈，更有一份清冽。

此时的我，并不年轻，说不出哪里气质绝然，只是从骨子里溢出孤清的气质来。眼神总是似有若无，无意间露出的薄凉，在孤寂的雨夜里飘荡。

寂寞久了，心便蒙上了灰尘。然而，仍然是不懂人世，只不似从前般轻易落泪。

世界又多了一个少话的女子。

泰戈尔说，世界以痛吻我，要我回报以歌；荷尔德林却说，人生充满劳绩，但仍诗意地栖居大地。用诗意的心来工作，用诗意的心来生活，那么，再平凡的人生也会点燃希望的焰火。

读这样的句子，便不由想起人间的烟火来：苏州城里的烟火，云南丽江的烟火……正如我此时居住着的城市的烟火，如一层层温情的纱，把城市的夜裹起来，把城市的残烈裹起来，展示出她梦幻般的美丽，美到邪恶，美到脆弱，如同文字，如同时间，如同爱情；还如同人生，散发出迷迭的香，激情，烈焰，散发着人间的情意，灿烂着江流不息的夜，绵绵着世俗里的烦躁与不安，让我一次又一次地感受着这个城市的包裹与放纵，孤独与寂寞，美得像梦，但我知道，绝对不是梦。

这样的夜里，我安静，祥和，如一只猫。

这样的时刻，我想到更多的是张爱玲。她说：

> 我没赶得上看见他们？他们静静地睡在我的血液里，等我死去的时候再死一次。

是的，有些东西，有些感受，一定会伴随终生的，是逃也逃不掉的。

晚年的她，把心筑成了一座牢房，那牢里住着的人，是她自己：在最后的时光里，她在大洋的彼岸深居简出，不开门，不接电话，不与外界联系，一个人孤独地走完了一生。

如此的决绝孤意，心如磐石……然而，有一点我相信，那个只字不提的胡兰成，一定是她血液的一部分，在她清孤的人生路上，一直一直地走，而她的心牢里，住着的一定不仅仅是她一个人。

他让她如此寂寞，又如此华丽，如此绽放，又如此毁灭……热烈地开放，安静地凋谢，一如她的人生。

爱到极致，爱到疼痛。这样的爱情，这样的人生，让人眷念万千。

这样想着的时候，心似铁马冰河，呼啦啦全碎裂开来，而我的脸上，却一直挂着微笑，一直笑到有泪溢出，一大片一大片，滴落在岁月的衣襟上，如同人生留下的痕迹。

是世界的烟火太美，还是孤独让我单薄脆弱的心，在这样的良辰美景中瞬间崩溃？

世界以痛吻我，我要回报以歌。既然，我不能悲伤地坐在你的旁边，那么，我要含笑面对窗外的人间烟火，而我的心牢里，绝不仅仅是你一个人的居所。

又见四月飞雪

四月，又见雪花纷飞。

早上，天便有些阴沉，不久，便有微雨飘下，但仅一会儿，车前的窗上便积下了不少的雪花。路越走越远，雪，竟越下越大，一片又一片的雪花不一会儿便使前面的路白茫茫了起来。

昨天，还是一片春和日丽：路上的桃花开得正艳，花丛中的迎春开得正好，蔷薇花也如期地盛开，给大地一些不张扬的芬芳。

天地间弥漫着温暖、希望和粉嫩的快乐，恰如春天明媚的笑脸。

然而，一场不期而至的春雪，却让我多了一份惊喜和惊奇。

应该是去年的春天吧，4月14日，我居住着的城市里就飘起了一场雪，而今年，刚刚进入四月的第一天，冬天迟迟不肯露面的雪花，竟不邀而至，甚至是迫不及待地来到了人间。

四月一日，愚人节的日子，这从天而降的雪花，是在与大地，与我们开着一个不小的玩笑吗？

于是，我想起了2003年4月1日，那个凌空飞翔的身影。当空一跳，如一朵早已耗尽力气再也无意争春的落花。是一只飞鸟的羽毛？是灿烂的烟花？让刹那的绚丽变成永恒？使得他成为了许多人心上一道最绝色的伤口，以至于任何神奇药水也无法抚平这伤口。

而那个传奇般的名字和身影,从此抛开俗世纷争,漫步云端,藏于寂寞清静的高处继续生生世世不老的传说。

"我就是我是颜色不一样的烟火/天空开阔要做最坚强的泡沫/我喜欢我让蔷薇开出一种结果/孤独的沙漠里一样盛放的赤裸裸……"

听,雪中还在飘着那忧伤的声音。

"万物至此,皆洁齐而清明。"再过几天,就是清明,今年的清明还会有纷飞的小雨吗?今年的清明,还会有缠绵的小雨打湿一双双忧伤的眼睛吗?今年的清明,还有纷纷的细雨,打湿回家的路吗?

转过弯,前面的山峰被皑皑白雪笼罩,山峰下面,是我至爱亲人们长眠的地方。他们端坐在那里,最亲的那位,一坐就是近二十年,而前几天的那位亲人,是不是也与他们一道,端坐在梨花开得正好的春天里,看一年年的风调雨顺,谈论一年的四时风景。那一树一树的繁花,是他们笑谈时的脸庞?

白茫茫,大地一片真干净,是满树的繁花?是无边的瑞雪?

风尘仆仆,驿站迢迢。你们走了,但你们清澈绵长的眼神和馨香清丽的爱意让日子明山秀水,像平常日子里的花,此落彼开,常新不谢,陪伴着我四季缤纷,把平淡的日子点亮,着色,诗化。

车继续走着。突然的,就想起了一部韩国电影来:一对婚外男女在背着各自的伴侣外出度假时发生了车祸,皆受重伤。女人陷入了重度昏迷,男人成了植物人。男人的妻子和女人的丈夫闻讯赶来处理事故,照顾病人。最初同在警局取物,是惺惺相惜的同情和自然而然的友好。后来两人分别从配偶的手机里发现了端倪,再然后,妻子从相机里发现的录像更让事情不证自明,确凿无误。两人同步坠入了痛苦、愤怒、沮丧和绝望。之后,他们经历了内心的挣扎——同是天涯沦落人的心理,在医院和旅馆频频接触的诸多细节,让他们撞出了爱情的火花，并让他们明白了一个道理，漫漫人生路上，绝不仅仅是一团爱情之光在吸引我们。在情爱的领域，我们每个人都有可能让自己的心灵外出，外出的程度或大或小，外出的方式或明或暗，外出的时间或长或短，外出的距离或远或近，但外出的本质并不丑恶，并不肮脏。抛却传统道德的衡量，这只是人之常情，顺理成章。于是，他们真正地理解和原谅各自的配偶，也在这复杂的情境里更疼惜对方……电影的最后，女人的丈夫死去，而男人的妻子醒了，她一直在等待丈夫质问自己，但丈夫只是照顾她。别的什么也不说，什么也不问，始终沉默。终于，她忍不住了，对丈夫说：谢谢你。丈夫问：为什么谢？妻子说：为了一切。

是的，为了一切：宽容，原谅，理解，承受，仁慈，爱情……为了这一切。一切都不能那么简单，那么粗暴。只要设身处地站在更高端、更宽广的立场上，我们就会最大程度地明悟和悲悯这个世界上的许多事情，甚至包括那些仅就个人角度来看根本不能理解的那些东西；只要站在人性最深最宽的立场上，真的没有什么不可能。

影片的最后，正是四月，有飘飘扬扬地雪花从天空飘落。皑皑冰雪映衬着已经盛开了的鲜花，呈现出一种奇异的美，而影片的名字叫《四月雪》。

四月飞雪。读来清朗明澈，写下则舒阔明净，美不胜收，恰如清明绵长的思念和如水的忧伤。

"梨花风起正清明，游子寻春半出城。日暮笙歌收拾去，万株杨柳属流莺。"心底突然想起了这样的诗句，而天空正悠悠地飘落着四月的嫩雪。

尘世很远，我很轻，天很冷。

王菲的《流年》在车厢里轻悠悠地飘荡着：有生之年狭路相逢／终不能幸免／手心忽然长出纠缠的曲线／懂事之前情动以后／长不过

一天/留不住算不出流年/哪一年让一生改变……

听,王菲还在那里唱着:遇见一场烟火的表演/用一场轮回的时间/紫微星流过来不及说再见已经远离我一光年……

触摸心路上的点滴,指尖有温热溢出,许多轻如飞絮的往事,在尘埃里漫扬,耳畔莹润洁净的柔音,温柔地清吟。

第六辑

回首处阳光倾城

春节，正在赶往昨天的途中

我渴望捕捉一些声音，一些来自春节的声音：细小的、绵软的、甜美的、急促的或者热烈的……我是如此热切地渴望着它们从喧闹的市声里涌来，和光一起，和空气一起，和事件一起，和心情一起，饱含着湿度和温度，饱满而真实地存在着，并且，因为日子的一天天临近更显现出一种紧迫和急促来。

我的目光，一遍遍地投向窗外。我知道，窗子是房子的眼睛。虽然有门，然而，门若关住了，外面的人就进不来，里面的人出不去，而窗户则不同，关与不关都不会挡住与世界的交融，因为，你的目光有多远，你就能看多远。

于是，透过窗子，我眺望着远远近近的关于春节的信息。

抬眼望去，窗外依然是干硬的风，瘦冷的河，天和地固执地干硬而冷竣着。搅拌机的轰鸣声，固执地、持续地、很有质感地响着，即使春节一天天近了，也丝毫没有影响这样的节奏按部就班地轰响在我的生活中。我知道，新区日新月异的变化正是因为这昼夜不息的轰鸣声；我还知道，十几米、几十米的脚手架上，昼夜劳作着的民工们，一定不时计算着楼层的高低与时间的远近，那一节节拔起的高楼里，一定藏着一个个关于春节团聚的喜悦和因此而不断修定的生活计划。间歇里，电话的频率一定是比平时增加了许多，因为家里的那位突然间就有了那么多的事情需要商定：家里要添的物件，老人冬天需用的药物，孩子说了很久的电动车……

窗外一抬眼便是一个十字路口，那宽畅的马路像一条条又粗又长的蚯蚓匍匐在大地上，南来北往的车辆如水般流淌在上面，车声此起彼伏，余音不绝。我常常站在窗前看着川流不息的车辆，猜测来来往往车辆中人的年龄，身份，喜悦或者悲伤，他们是从这座城市去另一座城市，还是从这座城市回到那座城市；猜想这匆忙的足音里，是否连着温暖的故土，是否连着春节自家门前高高挂起的大红灯笼里的安慰；猜想他们中是否把目光停下来过，是否留意过路两边曾盛开过金灿灿的油菜花，是否留意过马路上的灯亮了，又熄了；是否留意过离家的距离近了，离这里的距离远了；离春节的距离近了，离殷实的日子也近了……

在冬日暖阳的午后，我安然地享受这个淡然物外的间隙和停顿，享受生活给予的宁静和宽容，给我选择怀想的机会和缓慢的节奏。

这样的节奏，如同隔壁传来的越剧的唱腔，婉转着，慢慢绕过去，绕过去，再拖一个尾巴，方才渐渐隐去，像掩卷后的一声叹息。如同江南的幽长小巷，水乡的一个甜梦，软糯，阴柔。让我想起年少的女孩，裹着花袄，抱着暖手的水杯，望着窗外的细雪，长久地沉湎于那失恋似的韵味里；这样的氛围，让我想起林徽因的一句诗："无意中，细雨点洒在花前。"这样的音乐里，那些关于春节的气味、声音和色彩却清晰地行走在我记忆的深处，令我温暖而快乐着。

春节是有味道的：爆竹的味道，饺子的味道，女孩脸上桃花的味道，还有千山万水聚拢在一起、浓得化不开的亲情的味道。

春节是有形状的：长方形的是春联、是年糕、是大肉、是供桌；圆形的是点心、是窗花、是寿桃、是祭祀的贡品；方形的是贴得缸满钵涨的"福禄寿喜",而新月形的是饺子,是能赶回团聚时那一方久久的思念和遥遥的牵盼。

春节又是飘满酒香的:草垛、村庄和麦田,一点点缩进雪里,雪落下来的声音,被树枝、瓦片和泥土收藏着,从一首诗或一幅画里,就能够听到。炭炉上湿着的酒,土灶上煨着的肉,泥火盆,像一只温顺的猫,还蜷伏在老祖母的脚下,家家户户的灯豪放地一夜无眠,粗糙的手捧起粗瓷碗——把一年的辛苦、一年的喜悦、一年的忧伤、一年的希望全都灌入自己的血脉,连同飘飞的羽片、浮动的酒香、猜拳的吆喝,一饮而尽,就着泥土的气息,还有村庄里有荤有素的故事,一五一十地喝下去。

春节是响亮的:大年三十钟声响过之后,家家户户把准备好的鞭炮一股脑地点燃。霎时,整个天空轰鸣,此呼彼应。

春节里更多的是孩子们的欢笑:因为有新衣服,有可口的糕点零食,更重要的是可以拿压岁钱来买自己喜欢的玩具。大年三十,大人们忙着炒瓜子花生,杀鸡煮鸭;孩子们则忙着去集市上买鞭炮或在门口堆雪人。时不时地跑进厨房抓两把炒好的花生或瓜子塞进口袋,出去与小伙伴们分享。这时候大人是不会像平时那样责骂孩子的,就算打碎盆碗,最多也只说声:"碎碎(岁岁)平安"——过年了要图个吉利,讨个好的彩头。等天渐渐地暗了下来,家家户户就开始热闹地吃起团圆饭来。大人们美滋滋地边喝着酒边聊着天,兴之所至还开始划拳干杯。孩子们则吃在嘴里盯在碗里,筷子夹不到自己喜欢吃的菜,就干脆跳上凳子伸手去拿。趁大人不注意,还调皮地拿来酒杯偷偷地抿上一口。好辣哦,直喝得皱眉伸舌一脸怪相,大人们看了更是大笑不已。于是,快乐的气氛洋溢在热闹的屋里,荡漾在了每个人的心中……

这些关于春节的记忆或者故事,即使相隔了多少年,仍然会被我反复记起。这使我坚信时间的痕迹就像旧铁的锈渍一样,无法被光阴的橡皮轻巧地擦去。于是，每当我说出春节这两个字的时候，我所知道的关于春节的记忆，便会展开，然后定格。它如同树的主干而沿着春节生长着人和事，就是枝头上的叶子。那些叶子，斑驳、湿润、温馨，充满了人间烟火的气息。

而春节，正远远地迈着细碎的脚步，急匆匆地走来，与正在窗前眺望的我，撞了个满怀。

别了,我所拥有的今天和今年

安妮宝贝说:世间这样荒芜,寂静深不可测量。而我想说:岁月如歌,匆匆的不仅是时光,还有我们的脚步,还有我们的心。年末岁尾,难舍的不一定仅是旧日的时光,还有揉进时光的那些细碎的美好和温情。那些沉重的、潮湿的心情,任由岁月风干;阳光的、美好的,却由岁月代为铭记,细细珍藏,每一次想起,都会是轻雪盈面。

岁月,便是凝固着的悲欢和忧伤,也许它会被遗忘在哪一个角落,长久地不曾问津,却在无意的刹那间,曾经的悲喜排山倒海般迎面扑来,令人猝不及防。

2010年最后的一片时光,在山的那边与我对望。我知道,再有几个小时,一年来所有的喜悦悲伤,所有的孤独热闹,所有的荣辱与共,都将滑落到岁月的那边。在它滑落的声响中,一定会轻缓地将一些往事、一些心情推向2010年最后的那一抹暮色深处。而我,站在2010年岁末的边缘,只能轻轻地微笑。

2010年,那些亲密的白昼,那些亲密的黑夜,还有那些昼夜里的足迹;2010年,那些落满忧伤的日子,那些铺过落寞目光的小径;那些蚀骨的伤痛和记忆,那些眼泪和欢笑;那些写意的岁月,那些曾经的流水年华；那些分分秒秒流着泪和汗的体验，那些艰难生存的丰厚获得，以及那些属于我的每一个2009年的记忆和回忆，都将存在岁月的那一边。

一束包装美丽如诗的礼物，是2010年最后的见证：绿色的包装纸细细地包成了圆形，如同把旧日的岁月也包裹了进去，最顶端包装成美丽的花边，一朵淡黄色的香槟玫瑰、一枝淡淡的满天星，用银色的丝带打了结，如诗如画，让我的心砰的一声缤纷成十五的烟花。一年来所有的伤痛，都有了最美丽的注解和结尾。这样想来，我是如此地感谢这位兰心蕙质的美丽女友，她总会在生活中带来最美丽的诗情和别样的友谊，让我在岁末里，感受到生活的芬芳和诗情，心里涌起的，是一份安静、踏实的温暖。

其实，友情始终是红尘路上的一泓泉，清澈着我的心底，在每一个冬季温暖彼此。一路走来，彼此的牵挂一直都拴在心底。于暮鼓晨钟之间，于宁静的落日与喷薄的朝阳之间，知情会意，这彼此相扶持的岁月，怎会忘却。

2010年，看着周围忙碌的朋友、同事偷菜种菜，开农场，开牧场，买汽车，买奴隶，热火朝天地说着网络流行语，什么"你妈妈喊你回家吃饭""不要迷恋哥，哥只是个传说""哥种的不是菜，哥种的是寂寞""姐种的不是草，姐种的是烦恼……"

而我却把精力和时间更多地投入到书中，台湾作家龙应台的《目送》中有许多话语让我反复咀嚼：

如"有些事，只能一个人做。有些关，只能一个人过。有些路啊，只能一个人走"。

"夫妻、父子、父女一场，情再深，义再厚，也是电光石火，青草叶上一点露水，只是，在我们心中，有万分不舍。"

"人在天地之间终究是无所凭依的孤独。你真能面对生老病死，就真的明白，在这世间，没有什么可以附着依托。"

"我慢慢地、慢慢地了解到,所谓父女母子一场,只不过意味着,你和他的缘分就是今生今世不断地在目送他的背影渐行渐远。你站立在小路的这一端,看着他逐渐消失在小路转弯的地方,而且,他用背影默默告诉你:不必追。"

2010年,让我更深切地体会到,朝夕相伴的亲情及友谊之树绿意婆娑,相望,顾念,展示它地久天长的容颜。

一季又一季。

在与岁月的相遇里,我们眷恋着,不舍着,却只能不得已挥手,依依道别。

而今天和今年,正迈着轻快的脚步,行走在赶往明天的路上。

美丽的花事

迎春花开了,桃花也开了。

走在上班的路上,一树一树粉红色的花缀满了枝头,间或一丛丛金黄色的迎春撞进眼帘,心便微微地暖一下,又暖一下。

经过一个冬季的干旱、寒冷,暖暖的春天终于来了。

记起了昨晚与女儿一起看《海洋天堂》时她悲伤的眼神:可怜的大福,用心良苦的爸爸——人间的真情的确可以感动一切。不由想起了一句话:"有心能知,有情能爱;有缘能聚,有梦能圆。世间相距最远的点,是两颗隔膜的心。不是每一句对不起,都能换来没关系。"那么,就让我们用一颗细腻温柔的心来面对世界,面对生活,面对每一个与之交往或擦肩而过的人吧。

"时光如水,总是无言,若你安好,便是春天。"是的,每一个人,平安、快乐、健康、愉快地生活,就是春天般的温暖和快乐呢。

带着爱,带着善良宽容,行走在这可爱的人间。

在这美丽的季节里,时时想起的,是2013年的那一幕:

8月30日上午11:30,心脏病多年的老母突然倒地,呼吸、血压、脉搏全无。那一刻,我深深地体会到了心如刀割、痛不欲生！整整的一个小时里，一直是抢救、抢救、抢救，我的心，一直是撕裂、撕裂、撕裂，千疮百孔般痛惜着。感谢上苍的厚爱，我年老的母亲又回来了。在重症医学科整整15天里，每天只能有一人次20分钟的探视，到普通病房，到今天的能下地行走，除了感激就是感激：感激高尚的医务工作者，是他们高尚的医德和医术从死神手里夺回了一条宝贵的生命；感谢我每一位相熟的同事、朋友、同志，是你们无私的关爱，给了我支撑下去的力量和信心；感谢上苍，是您的垂怜，让我再一次拥有了母亲温暖的怀抱——"一亩地，半个场，80岁的幸福是有个娘。"如今，我给予母亲全世界上最多的关怀、关心、温柔和爱，我爱她的每一缕呼吸，我爱她的每一次微笑和忧伤，哪怕她不再记得我是她的女儿，哪怕她忘记了她的过往；我要珍惜这来之不易的孝敬母亲的机会，我要把每一天的24小时按秒生活。

9月30日，是妈妈满月的日子，10月3日，全家人都赶了回家，给老人隆重地庆生。

10月10日，也是一个难忘的日子，10月13日，以及马上到来的10月15日……

我相信，自此后，每一天都是令我难忘的、足够我珍惜一生的日子。

美丽的花事，脆弱的生命。

年华似水，而我却一次又一次地经历着这样的生死。为什么，上帝一定要把我们最亲的人一个一个带走？为什么，上帝一定要这样残忍地让柔弱的心一次次撕裂？

学会珍惜，懂得感恩，热爱生活。

生命随感

昨天,去参加了一个追悼会。

虽然是十月,阳光却出奇的好。因为一夜秋雨,早上有些凉意,但快近中午时,气温便升了上来。

参加追悼会的人很多,熙熙攘攘的,远远便看到殡仪馆门前站满了人。有的忙着互相打招呼,有的三五成堆地聊着天,有的隔了人群在大声地说着什么。仪式开始的时候,大厅里的人都挤在了一起。空气中的气味让人有些不忍。身边的人在不时地问着"怎么还不开始?""怎么还不开始?"还有的因为怕空气中的浊,怕空气中存在着的甲流,便走出了大厅。接下来,主持人和致词人的沉痛的语调,竟盖不住下面的人声。在这样的场景里,我不由想起了他们那哀伤着的儿女,想起了衣冠整洁、静静躺在这里的那个人,心里涌起的竟是一种不忍和疼痛来。唉,这些来者,有多少是为了送他而至的呢?有多少是为了他的儿女后人呢?有多少是做给他人看的呢?其实,静静地躺着的他,心里是明白着,但此时却只能躺在那里,一句话都不能说,这让我的心里更多了一份悲伤。

我伤感地注视着那个不能再动、不能再表达情感的人。寂静之中交换着寂静,走得最近的人才是记得最深的人。然而,此时,在这样的场景里,那些喧哗之中的表白,漫天花海中的热烈,更像戏台上的人生,曲终人散之后成为不再显影的底片。

悲观地说人生就是一场悲剧,因为人类最终逃脱不了死亡的笼罩。而有时候一些特定的场景,却更透出活生生的红尘本色。

记起了另一个场景来。

朋友的父亲去世了。追悼会现场,大约有两千余人。低回的哀乐、摩肩接踵的人群,墙上的老人却慈祥地笑着。好似在笑众生,又好似在笑这些忙碌的人群,还在笑这场面宏大的送别会。

是的,生与死之间,不过百年的间隔,大多数人还无法达到这个极限。

有人说:生与死之间,无非就是从无到有,再从有到无。是的,生命的确如此!豁达的人笑看人生得与失,生与死。拥有的时候,享受那种激情;失去时,尽力挽留,留不住时,也不要悲伤。因为,只有痛苦与幸福的因果循环,才组成了丰富的人生。苦难总会过去,阴霾总会散开,苦难磨炼人的性情,得失赋予人生机遇,在苦难中才能练达,于得失间方可重生。

窗外，一个个芬芳的日子

总喜欢临窗而坐：上班、坐车、开会、吃饭、喝茶……也许是记住了钱钟书那句"春天是该镶嵌在窗子里看的，好比画配了框子"，于是，那些临窗而坐的时刻，也便芬芳着每一个悠闲或者匆促的日子。

一扇窗就是一个多彩的世界。

春雨时节，抬眼看去，窗外的雨丝慢慢穿成串，斜织着珠帘，浸润着思维。雨打在屋檐上，打在树上，高高低低，平平仄仄地清唱出一首首妙曼的歌曲，有一种朴素自然的味道。风偶尔带进几点雨丝，凉凉的，像温柔的抚摸……

当天空看起来一天比一天高远辽阔时，虽然还没有真正闻到秋天云淡风轻的味道，穿窗而过的风却显得有些硬了。而空气中飘荡着的，是一种成熟和收获的芬芳。

冬天抵达的时候，雪花飘落，满天的雪花漫溢着的全是洁白而纯净的芬芳……

更多的时候，窗以沉默的方式存在着。也许，一扇窗也需要反思、回想、感动、懊恼、快乐或者憧憬。而我却喜欢在沉默着的窗前静坐，用我沉默着的眼睛观看着这个世界。

暮色四合的时候，透过沉默着的窗，既可以看熙熙攘攘的人群，又可以看窗外霓虹灯次第闪烁。从窗上看下去，人与人之间没有高低之分，两个人就是两个移动着的点，从路的北头走到南头，就这样没有高低贵贱地行走着。

渐深的夜里，偌大的办公楼静悄悄的，只剩下几盏昏黄的灯，一个人坐在那里，一边慢慢品茶，一边任思绪漫无边际地随意流淌，一种闲适悠远、身心得到极度放松的感觉便会油然而生。窗外，市声渐寂，白日拥挤的车道变得冷清而空旷，间或才可听到车辆驶过的刷刷声，心里便有一种说不出的从容暖意与恬静闲适，一份宁静致远、独善其身、遁世忘忧的况味也便浓浓地漫上心头。而那一扇扇蜷缩在高楼中的城市的窗，在忽明忽暗的霓虹灯下，尽情地享受着静谧、安详。

临窗而坐，我突然发现，这沉默着的窗总是不动声色地将窗外所有发生的事情尽收眼底。于是，我就和这窗一起看着外面的世界，看着万物按照自己的方式生活、生存、生长。

冬，持续的冬

没有雪，然而，却出奇的冷。凌厉的，干硬的风刮了整整一夜，似乎要把天地刮翻似的。冷，持续地冷着，几十年没遇到的强冷天气，让眼里的天和地都干硬地冷竣着。电视里、网络上也不时在报道着冷的程度：北京的积雪短短时间内便深达十几厘米，山东沿海地区出现近30年来同期最严重的海水结冰现象。有的地方冰层最厚接近一尺。山东省烟台市东炮台景区是全国最大的生态海豹湾竟然出现大面积结冰现象，60多只斑海豹困在凝固的冰湖中……

持续寒冷的风中，于白天，于深夜，我不时听到搅拌机的声音，机器的轰鸣。这样的声音自我住的楼下传来，我知道，我的周围是许多正在建筑着的楼群。在这样的天气里，树是秃的，叶是枯的，人是寂的，街是冷的。站在十几米、二十几米的脚手架上，他们是如何做到不被风吹走，如何忍受得住零下16度的严寒，如何在这样的气温下还能挥洒自如地劳作？

是为了即将到来的春节？还是为了也许是一堆白条的工资？

于是，又想起了几条新闻：

1月8日四川内江发生车祸，一伤者并未当场死亡，

120却将其拉到殡仪馆冷藏。车祸5小时后其家属发现亲人未死,却因抢救无效离世。对此,内江卫生局表示,两份死亡证明的判断过程及真实性无误,并称其很可能是"被颠簸而导致活过来了"。

成都拆迁户自焚。闵行区的潘女士家房子被强制拆迁,潘女士在三楼投掷自制燃烧弹;沙河煤矿的火灾,山西煤矿的瓦斯爆炸,山西煤矿的粉尘爆炸,山西煤矿的塌方,山西煤矿的……几十人、上百人的生命的消失……

北京市的老环卫工人因为长时间扫雪而摔倒在马路上,生命垂危;右安门街道翠林社区一位叫齐兰根老人自发到社区里参与扫除这场几十年未遇的豪雪,其间突发心肌梗去世。

有人说,阅读是一种姿态。因为,阅是观看,是浏览,是欣赏,是经历;读则是心灵穿越时空与自己交谈的漫步。在阅读的过程上,使自己身心俱净、清澈剔透,平衡得失,笑看落花,还能让人无惧无畏、步履坚定穿过生命中所有的凄风冷雨,一览一碧如洗的蓝天。因此,阅读是我们向这个世界展现的最美丽的姿态,是灵魂灯塔上耀眼夺目的光束。然而,在这样那样的阅读中,特别是用我们的耳朵、眼睛或心灵的阅读过程中,我感受到的更多的是对人性的漠视,是冰冷是隔阂。

在这样的阅读中,我又看到了这样的情景,心里有一种无法言说的疼痛持续扩散着。

春天，令我怀想的一个人

立春过后，风不再是尖利、冷硬的，空气中有了淡淡的春的味道。这样的日子里，最令我怀想着的是一个美丽的女人。

我一回头，便看到她，如玉的面庞，像一阵阵清爽的微风，一缕缕明净的月光，美丽而温暖，然而，却忧伤地朝我笑着。我走过去，想对她说些什么，可是，她却更加忧伤地笑着，笑出一份诗意，一份意味深长来。

是的，那忧伤和绝望的身影，踯躅在岁月的长河里，意味深长地忧伤着，就这么忧伤了两千七百年。

她的不幸，缘于她的美丽。

因容颜绝代又称为"桃花夫人"。到底有多美呢？春天的桃花能有多美，她就有多美。她出生在深秋，却满园桃花盛开；一出生就引来了百鸟朝凤，额上带着桃花胎记，仿如桃花女神转世。前人有诗赞美：

　　桃花夫人好颜色，
　　月中飞出云中得。
　　新感恩仍旧感恩，

——倾城矣再倾国。

春秋战国时期,列国之间经常勾心斗角,彼此离离合合,为了一点芝麻绿豆大的小事,也能反目成仇,拼得你死我活,蔡侯与息侯就是一个典型的例子。

蔡侯与息侯同娶陈国女子为夫人,这两位女子,一个沉鱼落雁,一个闭月羞花。嫁蔡国的,是蔡妫;息国的,是息妫——桃花夫人。蔡国和息国既是近邻,又成了连襟;于是,息妫出嫁的时候,决定去看望一下蔡国的姐姐,谁知这一看看出了此后风云数十年的争斗与不尽的辛酸来。

公元前684年,楚文王六年,息妫在红嫁衣里亮了相。自那一刻起,春秋争霸的台子,忽地静了下来。蔡与息都罢了,连一旁强盛的楚,都变得很低很低,低到尘埃里。然而,三个国君的心是欢喜的,从尘埃里开出花来。

蔡哀侯献舞,见到了自己的小姨子。不知他该怎样地惊呼。《左传》里只六个字,"止而见之,弗宾",已是很轻佻的含义。可以想见蔡哀侯多么无礼。柔弱之间,怎生辛苦,才保全了自己,回到息侯身边,息妫终于放声大哭。息侯气得发抖,想假强大的近邻楚国来报戏妻之辱。

于是,息侯派遣使者向楚国进贡,并趁机向楚王献计:"蔡国自恃与齐国友好而不服楚国,若楚国兴兵攻打息国,息侯求救于蔡国,蔡侯必念在与息侯是连襟的关系而慨然出兵相助,然后息国与楚国合兵攻打蔡国,必然可以生擒蔡侯,既俘虏了蔡侯,不怕蔡国不向楚国进贡。"

"伐我,吾求救于蔡而伐之。"正在图谋北上、野心勃勃的楚文王,听到这番邀请,正中下怀。汝水淮水之滨的蔡、息,是楚文王梦寐以求的地方,于是,他慷慨地答应了息侯,择吉兴兵直奔息国而来,息侯假意惊慌失措地求救于邻近的蔡国,蔡侯果然亲自率领大军来救,安营未定,楚兵与息兵四面包围进攻,蔡侯在黑夜中仓皇突围而出,奔至息城,息侯却紧闭城门不纳,蔡侯走投无路,终于被楚军俘虏,息侯大事犒劳楚军,蔡侯才知中了息侯"借刀杀人"的计,心中悔恨不已,但已悔之晚矣。

蔡侯既对息侯恨之入骨,又对楚国师出无名进攻自己而出言不逊,在楚营大骂不已,楚文王大怒,下令烹杀蔡侯以祭太庙。在忠耿大臣鬻拳犯颜直谏下,楚文王终于下令放了蔡侯。而后择期在宫中宴请群臣为蔡侯饯行。一时觥筹交错,丝竹盈耳;腰肢纤细,举止婀娜的娇娆宫女,穿梭在筵席之间,美酒妇人当前,宾主已有几分醉意,楚文王醉眼惺忪地对蔡侯说:"君平生可见过绝世美色否?"

蔡侯凛然一惊,蓦然之间想此番几遭不测,推究祸因,说来说去还不都是因为妫氏而起,于是抓紧机会,假意媚其声气答道:"天下绝世美色尽在大王宫中啦!但却还没有一个人能超过息侯夫人妫氏的美。"

楚文王为之愕然,蔡侯继续说下去:"息妫之美,天下无双,荷粉露垂,杏花含烟,国色天香,无与伦比。"楚文王不禁怦然心动,压低了声音道:"怎样才能可以一见?"蔡侯怂恿说:"以大王的威德,何求不得?"

息侯用"借刀杀人"之计,使蔡侯成为楚国的阶下囚,如今蔡侯又如法炮制还以颜色,这一言种下了息国灭国之命。

息侯把娇美的妻子视作天上星辰。洗刷了连襟姐夫的戏妻之耻,他拥着佳人,只怕连梦里,都是笑醒的。然而如人饮水,冷暖自知。公元前680年,楚文王以"盟友"的姿态,领兵来到了息国,息侯设宴招待,楚文王席间变色,当场将息侯拿下,一夕之间灭掉息国,在军中就地纳息妫为夫人。息侯被楚兵用绳索捆绑起来,也真正尝到了他种下的苦果。

妫氏在宫中闻变，仓皇奔入后苑准备投井自杀，被楚将斗丹拦住，斗丹劝她："夫人不欲全息侯之命耶？"就这样经过了一番痛苦的考虑，为了保全息侯，妫氏决定忍辱偷生。楚文王既见妫氏，怜香惜玉，色与魂授，好言抚慰，答应不杀息侯，就在军中立妫氏为夫人，因为她长得面如桃花，娇艳欲滴，把她叫做"桃花夫人"。

这位弱女子一定是痛苦极了。她的一个出场，一个眼神，竟然就决定了息国和她那可怜丈夫的命运。楚文王赢得何等干脆利落，伐蔡灭息。从此，东可取淮夷之地，北可逼郑许洛邑。蛮夷小国，变成了诸侯侧目的强大威胁。更绝妙的，却在于楚文王所采取的方法，如此富有戏剧性，不仅后世叹为观止，更令当时的中原列国瞠目结舌。他得意一笑，挥起大袖，留下一个为美人而灭息国的背影。

从此这位柔弱的女子便背负着亡国的罪名。其实，有没有她，都是一样的啊。楚文王正欲控制中原南部最大的一个姬姓国。蔡侯的无知无礼，息妫因美貌衍生出的祸端，息侯鲁莽轻率的报复，这一切都给了他窥视中原的机会。登基6年以来，他的用兵，从来不择手段。自从楚武王扬言"我有敝甲，欲以观中国之政"，只过了22年，楚文王就实现了父亲的豪言，迁都于"郢"，占据南阳盆地，开始逐鹿中原。

这样一个野心勃勃的男子见到她时，伟岸的心胸陡然降下来。哪怕入宫之后，整整三年，这个女人不发一言，他犹自深爱。息侯成了楚国都城的守门小吏，妫氏在楚宫中备受宠爱，三年的时光一晃就过去了，妫氏却始终不发一言，她绝丽的容颜因为落落寡欢而显得飘渺莫测。楚文王念念于心她的不乐，一定要妫氏说出道理来，妫氏万般无奈，才泪流满面地说道："吾一妇人而事二夫，不能守节而死，又有何面目向人言语呢！"

据记载，息妫在忍受了长久的污辱之后，有一天偶然在城池旁边,邂逅了暌隔已久的息侯,正在充当着守门的仆役。她突然明白和醒悟了,自己已经委委屈屈了多少难捱的日子,原来这恩恩爱爱的夫君,也在承受着撕心裂肺般的灾难,像这样活着实在太痛苦了。她悄悄地向息侯诉说:"我日日夜夜都想念着您,与其活生生地分离在地上,还不如赶紧死了团聚在地下的好!"息侯悲悲戚戚地劝阻着她。她决绝地转过头去,整个身躯像卷起一阵飓风似的,顷刻间就跳下了城墙。息侯看到了妻子死亡的身影,也就在那一天,伤心地结束了自己的生命。

经历了多少痛苦的煎熬之后,他们终于都选择了壮烈的死亡,这总是值得同情和钦佩的行动。在茫茫尘世中,有多少弱者,还不是受尽了痛苦,依旧苟且偷安地活着?放弃生命,甘心去死,那是何等艰难的抉择!

清代初年的诗人邓汉仪,就这样会心地吟咏道:"千古艰难惟一死,伤心岂独息夫人。"面对这生死抉择的痛苦挣扎,永远会折磨和斫丧着自己的心灵。不仅息妫是如此,还有多少尚未彻底泯灭了良知的男男女女,肯定也都是如此的。

唐代诗人杜牧途经汉阳时,曾到庙中凭吊,题诗道:

> 细腰宫里露桃新,脉脉无言度几春;
> 毕竟息亡缘底事,可怜金谷坠楼人。
> 息亡身入楚王家,回看春风一面花;
> 感旧不言常掩泪,只应翻恨有荣华。

这首诗温柔敦厚地道出了千古绝唱唯一死的况味。一个娇弱的女子,要保全自己丈夫的性命,就只有含垢忍辱地面对残酷的现实。而三年不言不语,就是对眼前的一切做了坚忍果敢的挑战与抗争。

然而,不仅是如此,该如何评说这个女人魅惑如桃花般的脸呢？至于国破的忧伤，她用久久无言的青春，作为祭奠。只可叹，生如桃花般妖娆，命却也似二月桃花随水流！

于是，在岁月的深处，我们时时看到她那张美丽忧伤的脸，听到穿越时空的叹息：

刘长卿《过桃花夫人庙》：

寂寞应千岁，桃花想一枝。
路人看古木，江月向空祠。
云雨飞何处，山川是旧时。
独怜春草色，犹似忆佳期。

王维《息夫人》：

莫以今时宠，能忘旧日恩。
看花满眼泪，不共楚王言。

邓汉仪《题息夫人庙》：

楚宫慵扫眉黛新，只自无言对暮春。
千古艰难惟一死，伤心岂独息夫人。

她的忧伤，仍然天长地久地忧伤着，而这样的叹息，也许仍然会在继续着……

一个人的快乐与寂寞

空气中弥漫的是节日的味道：鞭炮的脆响，酒菜的飘香；周围是快乐的人们：鲜艳的服饰，快乐的笑容。其实，我也是，精心挑选了服装，甜美的微笑，轻欢的笑言。然而，我知道，那些快乐和笑都只是挂在脸上，我的心里，仍然是冬天。

冷风里，我们迎来了虎年。

一只虎，也在帮助我们思考文章的做法：关于心性，关于生存，关于人生，关于弱肉强食，这一直是一个不老的人间法则。

指间的岁月，在不经意间流逝，而人生生存的法则却是一成不变的。这些法则，红尘中不断地遇见，经历，或旁观……这一切于我，早已淡然于心。

岁月如流水，冲走了岁月；生活如拉磨，继续着生活。

身后是深深浅浅、曲曲折折、跌跌宕宕的脚印。经历了许多，感受了许多，然而，仍然是纤细内敛，感性倔强的女子，静默于尘世荒凉的一隅，看透岁月镌刻下的斑驳痕迹，几番喧嚣，几番静谧，蹁跹于在水一方，这样孤傲的女子，任由一帘幽梦，孤寂了如莲的心事。在脆弱的时候，无处可逃。是的，我不是个坚强的女子，但我仍然能够做一名骄傲的女子，以我善良的心，纯真的情，热爱生活的心态，媚舞尘烟。

一个人的春节。

一个人的岁月。

隔着窗，一切都容易美起来。

太阳沉下去，人间的灯火就亮了起来。

在这样热闹的日子里，不由思想了起来：昨日青青，今日苍苍，韶华白首之间，是漫长的一生，还是恍然一瞬？

雪，轻轻地落

早上起来，陪母亲晨练，却见天上轻轻地飘落起了雪花。

没有风，也不寒冷。

湿润凉爽的空气扑面而来，不觉深吸一口气。

惊喜中抬眼四观。路边的树枝上，得意地挂满了洁白的小花，茸茸的，小小的，然而，那姿势大有舍我其谁的清傲和可爱。

趁着这难得的清润，吸一口长气，徐徐呼出。这个冬天的第一场雪，虽然细小到令人失望，然而，却毕竟是来了，这就足够了。

晨练的人都把自己包裹得很严实，在这飘雪的早晨，不由想起老狼那苍凉的声音来，"那个飘满雪的冬天，那个不带伞的少年……"

记得温瑞安有本小说叫《天下有雪》，其中英雄事仍温润肺腑；我不奢望天为我落下无尽的雪，微微有些雪意就好了。

记忆中有太多的落雪的声音，人生的很多美好都定格在那些年少时掩卷不能释怀的日子。其实，哪一个少年没有轰轰烈烈的梦想呢？哪一个少年没有仗剑江湖，倚马阑珊的渴望呢？英雄总被雨打风吹去。

人生，总要再次沉淀下来，再次现实起来。

"天下有雪纷纷过，落尽江湖不成歌。"想一想那些让你悲伤的话语，那些深情的诗句，然后再次放下。

"曾经是痴狂少年，曾经度日如年。"这是谁的话，在雪地里飞舞。

这是一个热闹的世界：号声、哨声、拌嘴声、叫嚣声、戏谑声、说教声，蝉声吵得人头痛，夜晚蚊虫又在耳边聒噪；花花绿绿的衣裳，眩目的广告和霓虹灯，各种各样的商品的浓墨重彩，以及令人目不暇接的事件……

麦家在《风声》后记中说："很多事情我们不知道，很多事情我们知道后又被弄得不知道了。所以，我现在干脆什么都不想知道。只想一言以蔽之——这世界是神秘的。"然而，生活却是真实的，就像陪在我们身边的那些亲人，在光阴的面前，他们瘦了、矮了、老了。慢慢远去的亲人，如一个个渐行渐远的背影，是我生命中的一滴墨，浓浓的，饱含着深情，书写出一份份比海洋更深沉的温暖，包裹着所有的幸福和快乐。冬天，我在亲人的背影里取暖；夏日，我在亲人的背影里乘凉。蘸着它，能写出一段感动灵魂的诗；蘸着它，能绘出一幅浓墨重彩的画。

生活千变万化，意外层出不穷，不能改变的，是那份信任和支撑。岁月留下我们行走和奔跑的印记。

我们一直奔跑着，向着灯红酒绿，向着纸醉金迷，向着一片片海市蜃楼。

那些虚构的美，耗尽我们一生的时光和力气，而我们终究也会成为我们亲人的那滴浓浓的墨，书写人的快乐或悲伤。

现在，我只想沿着一条安全的路走，红灯停，绿灯行，走人行道，过天桥，规规矩矩地生活，平平淡淡地喜乐，在一个固定的轨道里，探求幸福，留下我渐远的背影。

雪花还在零星地飘，很微小，但仍然是记忆中那洁白的颜色。

一个肩膀的温暖

舒婷曾有过一句名言：与其在海边遥望千年，不如伏在恋人的肩头痛哭一晚。这句极朴素的话，曾打动了无数小女子的芳心。能够有一个肩膀承担自己的梦的女人，谁又不会说是幸福的呢？

有一段时间，我与女友不停地往返于省城和我所居住的城市之间。有几对安睡着的肩膀在我的脑海里，总是挥之不去。

那一对想来是正在上学的大学生吧，周末或许是到相临的城市走走，或者是爬山，或者是去看海。男孩阳光帅气，女孩生得很美，笑起来眼睛比月牙还清澈，亮闪闪的。想来他们一定是玩累了，一坐下，女孩便双手搂定男孩子的肩，在隆隆的车上沉沉睡了。男孩一开始还不停地低下头来亲亲女孩，再把那垂下来的长发撩一撩，疼惜之情言不能及。慢慢地，男孩也睡了。最初那只承担女孩安睡的手臂一直伸着，慢慢地，随着火车的震动，男孩的手臂怕是不能承受女友那颗头颅的重量，便轻轻地垂了下来。最初，女孩睡梦中的脸上是闪过一丝惊惶失措的，还下意识地伸了手去找，最后只能靠在男孩的身上。少了羁绊的男孩的梦里，一定是见到了自己渴望的事情吧，嘴角不停地动着，微笑连着微笑。

那是一对年老的夫妻，大约有70岁了吧。男人高大魁伟，坐下来,一个人竟占了座位的一大半,而他的老伴则小巧精致,文文弱弱、不声不响地靠在他的肩头。他不时调整自己的身体,以使肩头的那个白发之颅更加舒适一些,随时随地低了头与之说些什么。便见她轻轻地咧了嘴笑笑,恬静温顺竟也很是媚人,那弯曲的姿势更是优雅而娴静。他便抬了头四下看看,一副自豪满足的样子。长长的4个小时,他们就一直那样坐着,让旁边的我真为老人那一只手臂担了份心:如此长的旅途中,那只手臂的血液是如何循环的?

　　见到他们时心里竟是一份隐隐的痛:男人黑黑、矮矮的,还有些驼背,女人的面孔更是有些狰狞,每当笑起来的时候,五官就会挤在一起,真让人替她担一份心,怕中间的鼻子不能承受其他器官的挤压而轰然倒塌。但女人全然不知道自己面孔上五官面临的危险,仍然不停地对着自己的男人微笑,好像整个车厢只他们俩人似的。其实,当时的情景是:车厢里人满为患,他们连座位都不曾有。两个人手里拎了满满的东西,足可以让那只手臂沉下去,但却腾空了相临的手紧紧握在一起。后来,先是女人把男人手里的东西接来放到自己的脚下,然后,让男人偎在自己的肩上。男人竟也不客气,恨不能把所有的力量都倾在女人身上,女人只好以车厢走廊边上的车座一侧做依托。女人脸上却因那份母爱增加了一份圣洁出来,面孔也不再是最初的那份狰狞。那一刻,他们并没有因为丑陋而放弃了爱的权利,因为,我清清楚楚地看到,他们正在相爱。

　　生活中,又有多少人能幸运地拥有一个可以安枕的肩膀,让自己的梦有一个栖息的场所?而仅仅是一个肩膀的温暖,足以感动一生。

第七辑

尘埃里开出的花蕾

女人当做林徽因

她的丈夫说:"人家讲'老婆是别人的好,文章是自己的好',但是我觉得'老婆是自己的好,文章是老婆的好'。"

她的父亲不无骄傲地对徐志摩说:"做一个天才女儿的父亲,不是容易享的福,你得放低你天伦的辈分,先求做到友谊的了解。"

她的公爹洋洋得意地写信给自己的大女儿说:"老夫眼力不错吧!"这个维新派因此生发出他的姻缘观:由父辈留心观察、看好一个人,然后介绍给孩子,最后由孩子自己决定,"这真是理想的婚姻制度"。

她的朋友评价说:倘若这位述而不作的小姐能够像18世纪英国的约翰逊博士那样,身边也有一位博斯韦尔,把她那些充满机智、饶有风趣的话一一记载下来,那该是多么精彩的一部书啊!

她的墓碑上这样说:这里长眠着林徽因,她是建筑师、诗人和母亲。

林徽因,一个无须借助男人背后的光线而展示自我,却能用自身为这些男人增添无限光彩的女人。凭借她耀眼的光芒,我们得以把这些有着别样才情与身世的男人看得更加清楚:梁启超、胡适、梁思成、徐志摩、金岳霖、费正清、沈从文、张奚若……这串散发着光芒的名单里，间或瞥见林徽因的衣袂飘动，她与他们终生保持着或父或兄、或亲或友的深厚情感。

爱情是女人终其一生的事业。许多人不惜以爱情为代价，让真爱在凡俗的生活中，褪色，变硬，不爱或者反目成仇，而聪明如林徽因，却用另一种方式让爱简明、利落、干净甚至完整。

她是爱他的。16岁的林徽因聪明、善感，娇小而亭亭玉立，明眸皓齿，娟秀聪慧，落落大方，是中国江南女子与现代西方女性两者个性完美的结合。24岁的徐志摩第一次见到她时，便被她纤细的美丽所吸引，所倾倒；而徐志摩四溢的才华、爽直的性格，他的追求和他对她的热情，也使她迷惑；他潇洒的外表、诗人浪漫的气质、追求美和理想的精神及热烈的感情更让她心动。是让爱在尘世间平淡、褪色，还是让爱古典得像一座千年前的庙，晶莹得像满天星星搭起的桥，鲜美得像春天初生的一抹鹅黄的草？于是，林徽因选择了梁思成：不但是为了兑现林、梁两家早有的姻亲，更是因为梁家在政界和学术界享有的声誉，梁思成本人的人品及学术而产生的那种稳重和信赖。

"徐志摩当时爱的并不是真正的我，而是他用诗人的浪漫情怀想象出来的林徽因，可我其实并不是他心中的那样一个人……"爱情让一切美丽妙曼，林徽因不愿现实磨损了诗人心中的美丽，哪怕他已无法挣脱这感情的丝网；哪怕自己的美，使他迷惑，使他痴迷，更使他忘乎所以；哪怕他抛弃了婚姻，抛弃了名誉，抛弃了学位，克服了重重阻力；哪怕他视自己为"人生唯一的灵魂伴侣"、用"灵魂之精髓"凝成"理想之明珠"；哪怕让诗人发出痛苦的呻吟："得之，我幸；不得，我命"……睿智的她洞悉了婚姻的真谛：当徐志摩克服一切困难与陆小曼走进婚姻后，他们自认"从此走入天国，踏进了乐园"，然而，时光的巨手还是让美丽的爱情变了颜色。正应了梁实秋先生的话："把自己的生命和前途，寄托在对'爱、自由、美'的追求上，而'爱、自由、美'又由一个美艳的女子来象征，无论如何是极不妥当的一种人生观。""徐志摩单纯的信仰，换个说法，即'浪漫的爱'。浪漫的爱，有一最显著的特点，就是这爱永远处于可望而不可即的地步，永远存在于追求的状态中，永远被视为一种极圣洁高贵，极虚无缥缈的东西。一但接触实际，真的与这样一个心爱的美貌女子自由结合，幻想立刻破灭，原来的爱变成了恨，原来的自由变成了束缚。……他们爱的不是某一个女人，他们爱的是他们自己内心中的理想。"因此，当徐志摩因为婚后的生活而苦恼时，她却娴静优雅地度着自己的岁月，不但赢得世人的敬重，也一直生活在徐志摩的心中：每有重大活动，徐志摩总会不远千里飞到她的身边给予最真切的支持。

而徐志摩也用另一种形式一直生活在林徽因的心中：当诗人飞机失事后，她拣拾了一块失事飞机的碎片珍藏到去世，并提议设置"志摩奖金"鼓励文学青年。

当生活中不时听到爱恨情仇时，我总在想：浮萍下的鱼很多，干吗偏要那一条？为什么不把爱珍藏好，在岁月里独自品尝：爱是自己，知道这爱的是自己，回忆这爱的还是自己。当自己把自己一口口地品尝时，那份鲜嫩的美，隔着时光的杯，却也能把自己醉了呢。

林徽因，一个把女人做成绝唱的女人，醉了的怎能仅仅是一代人呢？

我不爱自己已经很多年

总是喜欢在午休的时候泡上一杯咖啡,伴着空气中刀郎沙哑中带着清亮的歌声,怀念那些流离的岁月,然后,望着桌上凋谢的玫瑰,轻轻地说:我不爱自己已多年。

年少的时候,总是喜欢玫瑰。虽然它不如百合清丽,却是我淡淡的心事。于是,我床头的花瓶里,一年四季只盛开着玫瑰。有时一丛丛的,如火;更多的时候,仅存一朵,虽孤寂落寞,却艳丽如初。四时更叠里,我就那么痛惜地看着它艳丽、枯萎、飘落,如同有爱、有恨、有疼、有泪的人生一样释然。

曾经那么渴望拥有一座自己的房子:红砖大宅,柚木地板,靠墙长长一排书架,静好无尘;迎面落地窗,细如轻烟的纱帘随意扬起时,会露出阔阔的海以及天空中那一抹明澈的蓝。窗下是妩媚至极的藤所编成的桌或椅,随手丢了一本《宋词》或者《元曲》在上面;阳光细细地照进来,睡得正香的白猫伸个懒腰……有朋友经常往来,坐看花开花落,闲观云卷云舒,或者一起静静地读纳兰性德散发着冷艳馨香的词……

然而,真实的现实是,日子平静得像一口井水。为了照顾生活,放弃了所有的理想和追求,连工作都要首先考虑是否方便照顾孩子；眼看着父母的年龄越来越大，又万分着急地想让父母在有生之年尽可能地生活得更好一些；便一任自己东拼西杀，虽然懂得女人韵味的真谛，却也只能一任自己头发干枯、精神荒芜；记得"不索取别人的同情，女人活得要有尊严"的话却不得不一任自己随波逐流，说着违心的话，做着并不情愿的事；这样的生活打破了原来淡然宁静的心境，便情绪低落、烦躁，对生活充满了失望……于是，只能看着时光水一般地流淌，心疼着自己的生命在日复一日中消逝，心如同一台空磨子，每天都在转动，但挤压出的都是无法诉说的郁闷；曾经像一片饱满绿叶的自由的灵性，却只剩下冬季里满眼的苍凉；面对灯红酒绿、多彩多姿的生活，飘忽着的眼神，就像游离的云朵浓缩着无言的惆怅……

如今，人人都是眼睛的奴隶，面对铺天盖地的"人造美女"神采飞扬、精致妖媚的样子，我却实在不敢底气十足地对世界嚷：我用智慧美丽自己之类的话。青春永远是女人一生中的美丽的过客，美丽却是女人终其一生的事业。我也不想错过皎洁的明月，不想错过一生只盛开一次的昙花。没有了美丽，让我用什么做花蕾，纤尘不染于爱人的庭院？没有美丽的容颜，让我如何有信心对自己爱的人温柔款款地诉说那流传千年永不褪色的神话？因此，与美丽无缘的我，生出弃己而去的念头不是一天两天的事也早在情理之中了。

生活的每一天，我感受着生命中充满爆发的张力，感受痛着、奋斗着且成长着的过程。成长如蜕，其中的滋味岂是一个"苦"字了得，但成长的历程好似被岁月冲刷的砂金，是要一直珍藏于心的。因此，常常的，我会突然停下来，听——肖邦，读——缪哲。缪哲的文字是散淡的，拥有着智性的快乐和语言的明澈自然，他用自己的语言还原和再现了一个18世纪英国人思想的精髓与优美。而肖邦的明净，使我抵御了绵绵不绝的虚无。他的深沉博大和深思熟虑，无不都在那窃窃私语中。许多的时候，他喃喃絮语，轻吻着我鬓边的碎发，全然不顾韶光流逝，岁月无情。在我，他温柔哀恳的眼光，可以挽起逝去落日的最后一缕温暖，渐渐地会唤起一种勇气和热力——不是不明白情会淡，爱会薄，只是趁着现在还能，让我们来爱，并在爱的过程中明白，真正的爱，也如玫瑰，灰飞烟灭是爱，暗香犹存的仍是爱——虽然，我不爱自己已久，但我却依然可以爱着这平凡而庸俗的生活。

鳌园功与集美学村

"一块石头一门炮,一个陵墓一座庙。""一个岛,二条路,三个人物,四棵树。"便是厦门景点的概括了,然而,让我最忘不了的,还是其中的一个园子,和一个有着浓浓爱国情结的人——陈嘉庚。

爱国华侨陈嘉庚先生的故乡集美,错落有致地点缀在碧波荡漾的东海之滨,极具民族特色的道南楼、南薰楼、鳌亭、集美解放纪念碑等建筑,被寓为嘉庚风格,深藏了他对故乡的热爱,包含了大自然的温馨。从1913年集美小学诞生,到厦门大学的创办,集美学校包括了从幼儿园到大学各个不同层次的校部,以及配备了医院、图书馆、科学馆、美术馆、水厂、电厂等公共设施,难怪孙中山先生将集美学校喜称为"集美学村",实实在在地阐释着陈老的"教育是立国之本,兴学乃国民天职"的内涵。

通往集美学村东南角的鳌园时,路边绿树如荫,海风习习,海浪声声,我们追随着陈嘉庚当年创业的足迹,细细欣赏着集美如诗如画的建筑群中最具魅力,最令人神往的鳌园。

鳌园由游廊、集美解放纪念碑、陈嘉庚陵墓三部分组成。入园处,刻着一副对联:"鳌载定教山尽峙,园居宁与世相忘",体现的就是鳌园的整体风格和鳌园主人寄情山水间,淡泊名利的心态与情操。游廊长 50 米，两边是石壁，下部是陈嘉庚生平事迹摄影图片展览，上部是精美的青石浮雕。据统计，整个游廊里的石雕、浮雕、沉雕、影雕有 1000 多幅，洋洋大观，琳琅满目，令人目不暇接，流连忘返。导游告诉我们，文革初期，集美人民为了保护这些国宝，不惜冒着生命危险，在石壁上糊了厚厚的一层泥巴，偷偷地收藏起来，直到文革结束，这些凝聚了陈嘉庚先生心血和闽南工匠聪明智慧的艺术精品才得以重见天日。

高 28 米，象征着中国共产党奋斗 28 年的解放纪念碑是鳌园里的主体建筑，它高高地屹立在园中，远远地吸引了我们的视线。登上两层碑座，怀着虔诚的心情仰望毛泽东亲手书写的"集美解放纪念碑"七个雄伟刚劲的大字，眺望被浩浩森森的海水三面环抱着的鳌头屿，我仿佛看到了长眠在毛泽东亲自题名的纪念碑旁的陈老先生那颗赤诚的爱国之心，我忽然喜欢上这个蜂飞蝶舞，由绿树、红花串成的鳌园，只可惜"才伴游蜂来小院，又随飞絮过东墙"。

"陈嘉庚老先生就一直安歇在这里，同集美的父老乡亲、学村的师生员工时刻相伴，朝夕相随，见证着集美的发展变迁……"导游的话让我感慨万千。是啊，从鳌园向南望去，蔚蓝的天空下，可以看到我国第一座跨海立交桥和它倒映在海水中美丽的倩影，那就是陈嘉庚先生生前曾绘画的蓝图——厦门大桥，它连接着厦门高崎与集美，连接着闽南人的大动脉，我想，陈老先生泉下若有知，一定会感到万分欣慰，而他为集美人民铺好的石板路，也将会伴着这里朝夕不断的潮声、涛声永远延伸下去……

冬夜里的篝火

"拣尽寒枝不肯栖,寂寞沙洲冷""衣带渐宽终不悔,为伊消得人憔悴""在天愿做比翼鸟,在地愿做连理枝""天长地久有时尽,此恨绵绵无绝期"……每当想起这些句子的时候,便会想起古时候一个又一个美丽纯情的爱情故事:孟姜女哭倒万里长城,张莺莺待月西厢下,化蝶双飞的梁山伯祝英台……在她们,或富甲天下,或家境殷实的如花少女们,用纯良的品质坚守住心中最平实的真爱,让爱在现实的生活中盛开成一朵朵艳丽的花朵,穿越岁月烟尘,一路芬芳,留下了千古的绝唱千古的深情;哪怕是20年前的爱情,也多半是沉浸在小河边的月下,满足于手拉手的真情里。那时的爱情,单纯而质朴,浪漫而纯情。然而,在注重作秀和包装的21世纪里,金钱使一切奢侈美丽,而爱情却渐行渐远。

从朋友处借来一本《有一种疼,微微》,内容多是爱情和生活,前者有浪漫的疼痛,后者有生活的残酷,字里行间跃动着的文字如同第一眼看到这本书时的感觉:瞬间的心动。生活是真实而疼痛的,正如今天的爱情。不由想起了朋友的理论:爱情是什么?爱情是花。花是要有所附丽的,没有水没有肥,花不仅不会开甚至不能活。所以,首先要有水其次要有肥,有水有肥才能催开爱情之花。什么是水什么是肥？那就是钱呵！有爱有钱是一等爱情，有钱无爱是二等爱情，有爱无钱是三等爱情。由此可见金钱之于爱情的重要性。

还记起了在出租车上听来的故事：情人节的时候，婚姻中的女人，老公只是拿回一枝玫瑰，便会感动得热泪盈眶。是的，当爱情被播种到婚姻的土地里，便会长出一棵叫"感恩"的树，幸运的话，它还会开花结果，天长地久。而婚姻之外的女人，早已被现实历练成熟，她们最看不起的是爱情，更看不起屋檐下世俗而亲切的小日子。她们接受鲜花，更要钻石、香车、名衣、玉食，当情人转身后，鲜花立即扔到垃圾筒，戴上钻戒，开着香车绝尘而去。在她们，怎么会肯用花样年华换来平民百姓的花好月圆？她们用青春与欲望、贪婪与野心，锻造着锦衣玉食的理想人生。金钱，残酷地影响着我们的生活，影响着生活中的爱情，而这份残酷，不是暴力的，是温柔的渗透与浸润，美好爱情已被金钱打磨得模糊不堪，厚厚的尘埃覆盖了爱情最初的光华，如同萧杀的冬天，金钱令现实生活中的爱情一片荒芜，狼狈不堪！

看多了生活中上下求索，让情感搭上欲望飙车的爱情，我更怀念和向往着古代淳朴的爱情，心中挥之不去的一直有这样的画面：一位落寞的女子在等待远行的爱人，对着远方絮絮诉说着自己的思念和牵绊，她用"仰天饮鸩，向日封章"的姿势把孤独一饮而尽，然后掷杯，听取雨声里唯一的清脆：叮咚，我的爱灼灼如三月桃，我的寂寞要崩裂如帛；对于爱情，她表里如一，纯真如水，正如他感觉到的至真与珍贵，他要就给，不要，就碎。

在月色浅浅的夜里，他来或是不来，她都用一双素手点亮残烛，轻书"去者杳杳，留者闲了胭脂"之类的句子，只等心上人来，便会用随时随地备好的胭脂，山花烂漫一番。夜深，有点清冷，有爱的心里，即使寂寞作伴，也觉得很美。

爱情，只剩下了远远的观赏？隔着时光的河流，古代的爱情依然像冬夜里的一堆篝火，温暖着我们这个世纪的心情。

因为《开片》,所以计文君

读书是生活的一部分,有时就是为了读书而读书,因为心里总不能太空,书便是最好的填充物。而新年里的《开片》却让我喜欢上了计文君。

读小说,我一般是不看作者的,有时因为读得开心,读得尽兴才去倒回头来看作者姓名,例如读阿袁的《鱼肠剑》时,一下便被作者特有的语言所吸引,便急急地倒回来看作者,便一刻也不能等地去寻找阿袁的其他作品,虽然有不少似曾相识或难以突破自我的感觉,但却仍然忍不住地喜欢她的文风和作品。所以,当读起《开片》时,也没感觉到太出彩,但读了一会儿,便感觉出它的好来,于是,一口气读完,然后,再上网搜出她所有的作品来,便感叹又感怀了起来。

"挚爱戏曲、国画、古典音乐与小说,2008年度'茅台杯'人民文学奖得主、河南作家计文君既拥有当下最时髦的金融专业背景,也有着一份深挚的古典审美情怀。"有一篇文章是这样介绍计文君的。

"19岁就开始尝试写作的计文君,为了心中对文学的热爱,在2003年告别了工作近十年的银行,调到了个人收入减少一半,创作时间增加一倍的许昌市文联,工作内容也由码钱变成了码字。在这个不属于文学的时代做出这样的选择,计文君并不觉得难,因为自己喜爱文学,这也是'为自己的写作、健康争取时间,是为了诗意地栖居',此后,写小说便成为了她主要的生活内容。"

而她自己却是这样笑言目前的状态:"以前是工作在银行,业余写小说,看《红楼》是爱好;后来写小说是工作,业余研究《红楼》,现在写小说和《红楼》研究都成了生活的主要内容。我逐渐把爱好变成了工作,这就好比把知己变成了丈夫。"

让我为之耳目一新的《开片》,女性视角色彩浓厚。"我""漂亮得太漂亮了,聪明得太聪明了,有才得太有才了",以瓷器隐喻女性命运,绝对是一个有意味的发现,在这个发现的烛照下,三代女性截然不同的命运跃然纸上,宛然一部近现代女性命运史:为了不让自己像瓷器一样一不小心"哗啦"碎了,姥姥守得坚决,守得固执,也守得凄凉;母亲竟真的"哗啦"一声碎了,于是,她终生都在努力,努力拼凑一个完整的"瓷器",并在这个努力中竭力呵护女儿的完美和完整——她将自我拯救的心象投射到女儿身上了;而"我",则在姥姥、母亲和自己抗争般的挣扎中,获得了关于生命的崭新体验——开片,在自我绽放、自我反思中获得自己的主体性……

《开片》告诉我们,"女人如梨","有一颗酸而涩的心。而且,这份酸与涩是宿命般的,不可抗拒的"。无论是"姥姥","妈妈",还是"我"。无论怎样的挣扎与回避,兜兜转转,躲得过一时,绕不过一世,注定了要走到那条路上去。

太完满的人生往往缺乏可读性,太曲折的人生又教人灰心。小说结尾处笔锋急转直下,女人在经历血与火的洗礼后突然地终于顿悟——"破碎是我们的命运,但破碎未必就是悲剧。这世界上有一种美丽完整的破碎,叫开片。"

女人如梨,可酸可涩,但是有核,不失坚韧。

因为《开片》,所以计文君——这是新年于我,最好的礼物呢!

闲读张爱玲

最是在"月落如金盆"的夜晚，或是飘雨的时刻，远离嘈杂的市井，不受世俗的侵扰，一个人独坐一隅，捧一本张爱玲文集；细细品读这位旷世奇才的传奇人生，锦绣文章。

曲折的流年，深深的庭院。

一袭晚清款式的齐膝长袍，一双明蓝绣花的鞋子，轻盈柔和的步履，平静地、淡淡地张扬着，森森然、赫赫然的贵族之气，惊世骇俗、顶天立地地辉煌着，这便是张爱玲。她是从沉甸甸古中国的含蓄底蕴中，从千疮百孔却仍不失源远流长的贵族文化的背景中走出的天才女作家。她是独特的。且不说她传奇的身世，传奇的一生，如流言般的魅惑；也不说3岁时便诵吟"商女不知亡国恨，隔江犹唱后庭花"，单说她7岁会写小说，16岁便发表如出自壮士之手、文笔老道、立意锐新的《霸王别姬》的那份奇才，就足以辉煌中国现代文学史，一任岁月流逝，时代变迁。

人生犹如舞台。张爱玲却以旁观者的身份在这个舞台上远远眺望着。在传奇中寻找着普通人，在普通人中寻找着传奇。她用一支神来之笔，娓娓诉说着过去的一场或正在进行着的人生戏剧里的诸位角色：《花凋》里的郑先生，没钱为女儿买药治病，却有钱养姨太太；《红玫瑰和白玫瑰》中的佟振保貌似中国社会中的理想人物，灵魂深处却是个自私自利、薄情寡义之人；《金锁记》中曾拥有青春温情回忆的曹大姑娘变成了凶狠残酷、披着黄金枷的姜老太婆；《倾城之恋》《第一炉香》中的白流苏和微龙则因了女性的卑弱和虚荣而走向了庸俗；《留情》中的郭凤嫁给了比她年长20多岁的男人做姨太还暗自庆幸……"生在这个世界上，没有一样感情不是千疮百孔的。"于是便有了《封锁》中的女教师在封锁的车厢里与男乘客之间莫名其妙的假恋；《心经》中的许小寒，因了违背伦理道德的真爱而一遍遍扼杀掉健康的爱情……她于不动声色中泯去了故事中主人公身上的浪漫色彩和道德色彩，让她们一寸寸地活起来并还其本来面目，在现代屏幕上凸现了一群女奴的群像，加上沉淀其中的十足的中国古典味和弥散出的一种挥之不去、抹之不掉的苍凉意味。张爱玲就用化平淡为神奇的神来之笔，以一个旁观者的身份，清醒而又冷静、真实而富有历史感地为我们解读了一幕幕人间悲喜剧。

"出名要趁早啊，来得太晚的话，快乐也不那么痛快"；"个人即使等得，时代也是仓促的"。敏感的张爱玲自来到世上的那天起，就认定了她的传奇生涯和魔幻的文采；等不及长大的她更是有惊人之语："8岁我要梳爱司头，10岁我要穿高跟鞋，16岁我可以吃汤圆、吃一切难以消化的东西。"于是，深切感受到生命紧迫的她，几乎是一夜之间横空出世、华彩夺目，如天女散花般一手撒出或短或中或长的小说，一手撒出或严谨或活泼、精致隽永、深刻耐读的散文和随笔，让人眼花缭乱、目不暇接；同时，《流言》的一版再版，一时洛阳纸贵，圆了"出名要趁早的心愿"，使23岁的她迅猛地登上了创作最灿烂也是最荒凉的高峰，使她的作品如流言般迅速传播开去。

"死生契阔，与子成说。"自以为不落情缘的张爱玲，却也出演了一场《倾城之恋》；"问情为何物，直叫人生死相许。"在她，用别人的钱即便是父母的遗产也不如用自己赚来的自在，"可用丈夫的，如果爱他的话，那是一种快乐"。纵观张爱玲笔下的女性，无论是《金锁记》中的曹七巧，还是《琉璃瓦》《花凋》中的一群群女儿，大都是生命的"强者"，而身为才女的她，却也拥有了一个普通女人的心境，舍不得放弃这传统的权利。张爱玲曾强调"男人要成熟一些，女人要天真一些"，这是不是一种天真？生活是个谜，女人是个谜，而她，又何尝不是个谜？

"生命是一袭华美的袍子，里面爬满了虱子。"然而温柔敦厚的古中国情调，流淌在血流中的贵族之气、沧桑之感和末世情调，仿佛把张爱玲幻化成为千年文明古国的一缕诗魂，令人迷离恍惚而又侧目不已。

曾读过她的弟弟张子静写过的一篇文章《盛名下的苍凉》，记住了其中的一个情节：

1952年，当弟弟好不容易找到姐姐的公寓时，姑姑告诉他，姐姐已去了香港。"我走下楼，忍不住哭了起来。"街上人来人往，一个俊美而单薄的男子就那么站在白花花的阳光下，为一个不辞而别的亲人而哭泣，在那个特定的年代里，这位柔弱着的男子，心里有着怎样的恐惧、孤独、忧伤和绝望。而哭泣的弟弟，又何曾知道，此一别就是永生呢。43年后的1995年，当张爱玲在大洋彼岸孤独地死去的时候，并没有忆起、甚至并不知道，在40多年前的那个正午，自己懦弱的弟弟因己而泪流满面。

一直以来，张爱玲与胡兰成的故事，成了人们最为津津乐道的话题。其实，真正折磨张爱玲的，并非是我们为之叹息的爱情，她与母亲的关系，才是她最终的绝望和哀伤。

在张爱玲的心中，母亲曾经是冷漠、自私、变态，甚至恶毒无比的象征。她一直认为，母亲是她一生受伤最深怀恨最久的痛点。

于是，她把自己以及人生的最后一刻也交付给了公寓：上海的，香港的，洛杉矶的，从极盛到凋零，张爱玲的清高与世俗，没有谁比那些旧时的公寓更清楚。张爱玲说，"公寓是最合理想的逃世的地方。厌倦了大都会的人们往往记挂着和平幽静的乡村，心心念念盼望着有一天能够告老归田，养蜂种菜，享点清福，殊不知在乡下多买半斤腊肉便要引起许多闲言闲语，而在公寓房子的最上层你就是站在窗前换衣服也不妨事！"于是，从大家庭出逃的张爱玲，便穷其一生，在公寓里进行着她避世却不离世的生活。直到生命的最后一刻，见证和相伴的，也只有洛杉矶罗彻斯特大道旁那座普通的公寓楼里的 206 房间。从 1991 年 7 月 7 日到 1995 年 9 月 8 日去世，一直居住在这座公寓楼的张爱玲孤独离世。两天后，公寓管理人员才发现了她的尸体。她面对太平洋趴着，一只手向前探着：遥远的彼岸，生她养她的地方，妈妈的门缝为她留着！实现了自己与母亲最后的和解。

　　自此后，她看过的云，她行过的路，她住过的城，她爱过的人，她写过的信，她流过的泪，她冷眼过的民国世界全都成为了永远的传奇……她擅写皓月，却不得团圆。

　　一个也食人间烟火的民国女子、一个敏感的脱去传奇面纱的爱玲、一个在苍凉之后回眸的爱恋。

　　桑妮的《她给的寂寞比甜蜜多——张爱玲一个人的城池》是我最喜欢的一本描写张爱玲的书，尤其用进口荷兰板与布书脊的搭配，令人爱不释手，更增加了阅读纸质书的美好体验。桑妮清新脱俗的文笔和敏感的内心把张爱玲的平生与情感一一呈现在她清丽的文字之下，让那一个个苍凉背影深深地烙在心底。至今，我还记得桑妮的话："她亦吃五谷杂粮，着明艳衣衫，谈世间情爱；虽不谙红尘雾霭，却亦可在那浮生一片的姹紫嫣红、纸醉金迷中，自顾自地高贵静默着。……你，若慢慢寻，寻到深处、内里，便会惊觉，她这个旷世才女，骨子里仍只是个女子，一个委曲求全容易受伤的女子。"

"零落成泥碾作尘，只有香如故。"哦，永远的爱玲，读不尽的张爱玲！

清明观《入殓师》

早春三月，朋友郑重地介绍这部影片，说很值得看呢，的确不错的。于是，在清明的假日里，我选择了一个人独自观看。

让死者美丽祥和地离开，让生者留下美好的印象和回忆，谁说死亡不是另一个世界旅行的开始呢。"每一个死者都是有尊严的离去。"这是影片最让我感动的地方。整整两个小时，我感动着影片对逝者的尊重，对生命的尊重。入殓师每一步都小心翼翼，细致入微，精益求精，在生命的归处以专业的手段、热忱的心灵陪着逝者进行了最后一次美丽的旅程，用温情和深情让已经冰冷的人重新焕发生机，让家人留下最鲜活的记忆。而对于生死，我也有了更为深广的理解和感悟。诚如片中所言：

> 死亡可能是一道门，逝去并不是终结，而是超越，走向下一程……

影片一直萦绕着淡淡的忧伤和温暖的希冀，镜头感极强的故事推进，让人不自觉地跟随着主人公的心境跌宕起伏——不停地和解。

首先是小林与自己的和解。为了生存，在没有任何思想准备的情况下，小林放弃了自己的音乐梦想，实现了理想与现实的和解；又是在毫无思想准备的情况下，小林开始了入殓师的工作，经过一次次心灵的挣扎，最终实现了内心与现实的和解，并深深地爱上了这个职业。

其次，是周围人与小林的和解。先是小林的妻子，从最初的强烈反对，到最后自豪地对周围的人介绍"我丈夫是入殓师"；随后是与小林一起长大的朋友的不理解，到最后深深的感谢。

最后是小林与离别30年的父亲的和解：在单亲家庭中长大的小林，在自己6岁的时候，父亲因为别的女人离开了家。所有关于父亲的回忆，都成了内心深处挥之不去的伤痛。然而，在为父亲整理遗容的时候，从父亲手中跌落的是小时候他送给父亲的一块石头，在父亲几十年的孤苦思念中，一块普通的鹅卵石已被父亲摩挲得光滑如玉。原来父亲一直都在深深爱着他，挂念着他。小林终于被亲情所感染，放下心头对父亲几十年的怨恨，真正体会失去亲人的痛苦。从而实现了与父亲心灵上和亲情上的和解。

生活告诉我们，只有人性中的爱和善才可以使人类永恒不灭。电影《泰坦尼克号》中大船沉没时，杰克对露丝说，"为了我，你要好好活着"，这就是唯美的爱情。同样，《入殓师》中小林和他仇恨多年的父亲之间，因为年少时一块普通的石头，追认了父亲，在给一辈子孤独、贫困的父亲好好入殓的同时，他复活了。同样，其他人，在入殓师所展示或揭示的生死大爱面前，也开始反思了，忏悔了，自责了……

影片中充满了对生命的热爱。那个年老的、快要退休的社长老人，在亲手为妻子入殓后，从事了这个职业，孤独地生活着却热爱生命。他会烹饪各种美食。在他的打理下，公司里花红草绿、生机盎然。邻居开澡堂的老奶奶去世了，这个可敬的老妇人，为了方便邻里，几十年如一日地守着这个薄利的澡堂。老奶奶的入殓仪式，让妻子最终理解了、大悟了。如果生命的尽头是下一个旅程，如果下一个旅程是无法把握的，这一次生命的旅程，我们认真来过，让亲人快乐，自己快乐，付出友谊得到朋友的牵挂，将孩子抚育长大让生命不断延续……

《入殓师》中谈及生死，谈及职业，谈及人性大爱，认为生死如同家常，如影随形。指出人可以工作到死，认为人为了爱可以消除误会，因为爱可以爱上起初厌恶至极的工作，因为工作又使主人公在维持了爱情和家庭之后，进一步生发了对工作本身的爱，并且因为对工作本身的爱，又赢得了他人的爱戴，又催醒了人性中的博爱和大爱：父子之爱、夫妻之爱、朋友之爱等等。让世界充满爱：不管生命不可承受之重或是生命不可承受之轻。

电影中的音乐算得上完美，整个电影中贯穿的都是大提琴演奏的乐曲，沉静、舒缓，哀而不伤，却无法不打动你的内心：琴声中或樱花如蝶般飞舞；或金黄的麦子波涛滚滚；或高山绿树流水潺潺……生活总是无法像我们所希望的那样美好，会有孤独、贫穷、苦难、病痛、分别……但即便如此，我们依然可以选择坚强。

清明时节观看这部电影，让我更多地理解了爱、尊重和生命的意义。